QUAND UN OMÉGA CRAQUE

LE CLAN DU LION #3

EVE LANGLAIS

Copyright © 2015/2020 Eve Langlais

Couverture réalisée par Yocla Designs © 2020

Traduit par Emily B

Produit au Canada

Publié par Eve Langlais

http://www.EveLanglais.com

ISBN livre électronique: 978-1-77384-1960

ISBN Papier: 978-1-77384-1977

Tous Droits Réservés

Ce roman est une œuvre de fiction et les personnages, les événements et les dialogues de ce récit sont le fruit de l'imagination de l'auteure et ne doivent pas être interprétés comme étant réels. Toute ressemblance avec des événements ou des personnes, vivantes ou décédées, est une pure coïncidence. Aucune partie de ce livre ne peut être reproduite ou partagée, sous quelque forme et par quelque moyen que ce soit, électronique ou papier, y compris, sans toutefois s'y limiter, copie numérique, partage de fichiers, enregistrement audio, courrier électronique et impression papier, sans l'autorisation écrite de l'auteure.

CHAPITRE UN

Alors que Leo marchait tranquillement, il entendit soudain quelqu'un crier :
— Attention ! Lève la tête. Ou plutôt baisse-toi ?
Paf!
De toute façon, cela n'avait pas d'importance. Leo reçut le frisbee sur la tête, mais étant donné qu'il se trouvait dans le hall de l'immeuble où il vivait, cela ne l'impressionna pas du tout. Certains auraient cédé à la colère – en poursuivant la fille qui avait lancé le frisbee et en la scalpant par exemple. D'autres se seraient sûrement livrés à une lutte sans merci. Mais en tant qu'oméga du clan, il avait un certain standing à respecter. Leo secoua les épaules – des épaules si larges que son coach de football à l'université pleurait presque quand il refusait de jouer – et laissa glisser sa colère.

Avec une certaine nonchalance et un calme que Leo s'efforçait d'enseigner aux autres, il continua de marcher en direction de l'ascenseur, là où le disque violet avait atterri. Il s'abstint de l'écraser. Pas la peine de s'en prendre au frisbee parce la personne qui l'avait lancé ne savait pas viser. Une odeur peu familière – féline et délicieuse – l'encercla puis le frôla lorsqu'une femme passa à côté de lui, en quête du frisbee. La blonde, qu'il ne reconnut pas, se pencha en avant pour attraper le disque en plastique. Son mini short athlétique moulait chaque courbe de ses fesses, des fesses que l'on avait envie de saisir, et des cuisses dignes d'être mordillées.

Tout en elle était grand, audacieux et voluptueux.

Miam. Et il n'y avait pas que sa bête qui pensait ainsi.

Qui est cette délicieuse fautrice de troubles ? Il ne se souvenait pas l'avoir rencontrée et il ne l'aurait certainement pas oubliée.

L'inconnue se releva et lui fit face, et il voulut dire par là qu'elle le regarda droit dans les yeux, ce qui était assez inhabituel étant donné qu'il mesurait près de deux mètres. Pourtant, cette femme aux courbes diaboliques faisait un mètre quatre-vingts, voire un peu plus.

Elle ne semblait pas très délicate, loin de là, pas avec la façon dont ses seins impressionnants étiraient son tee-shirt, déformant l'imprimé dessus qui disait « Une putain de fleur fragile ». Sa taille échancrée était accentuée par ses hanches élégantes. Son sourire excentrique allait bien avec son regard joyeux.

Bien qu'il ne soit pas un homme sujet à de vives émotions, Leo eut soudain très envie d'attirer cette femme dans ses bras et de... faire des choses torrides qui accéléreraient son rythme cardiaque pourtant si calme d'habitude.

— Eh bien, salut mon grand. Je ne crois pas que l'on se soit déjà rencontrés.

Effectivement, sinon il se serait souvenu d'elle – et il se serait rappelé de l'éviter, car n'importe qui pouvait voir, par l'inclinaison coquine de ses hanches et son regard perçant, qu'elle était synonyme d'ennuis.

Leo n'aimait pas les ennuis. Il préférait les moments calmes. Les sorties sereines. Les soirées tranquilles. Très tranquilles. Une tranquillité qu'elle avait perturbée avec ses pitreries et son frisbee, alors il décida de la prendre à partie.

— On n'est pas censé jouer au frisbee à l'intérieur. C'est l'une des règles du clan.

Il était bien placé pour le savoir, puisqu'il avait contribué à les rédiger. Leo aimait les règles, et il s'attendait à ce que les autres les respectent. Quand on a un groupe de prédateurs qui vivent proches les uns des autres, garder leurs tempéraments explosifs sous contrôle est important, d'où son travail qui consistait à faire respecter les règles et maintenir la paix.

— Roh, allez. T'es en train de me dire qu'on ne peut pas jouer à l'intérieur non plus ? dit-elle en faisant une moue boudeuse avec ses lèvres. Tu sais que j'ai déjà eu des ennuis avec un gentil policier dehors, car je jouais dans la rue ? C'était d'ailleurs totalement injuste. Comme si c'était de ma faute si ce type ne faisait pas attention à la route et qu'il est rentré dans quelqu'un au feu rouge.

— Tu jouais sur la route ?

— La route, le trottoir, on s'en fiche non ? Le plus important c'est que si je ne peux pas jouer ni à l'intérieur ni à l'extérieur, où suis-je censée pouvoir m'amuser ?

En haut, au onzième étage, appartement 1101. Sa chambre était très spacieuse. Bien sûr, l'activité qu'il avait en tête n'impliquait aucun accessoire. Ni aucun vêtement d'ailleurs. Mais lui dire qu'elle pouvait jouer avec lui, nue, n'était probablement pas la réponse qu'elle attendait.

— Nous ne jouons pas en ville. Il n'y a pas assez de place. C'est à ça que sert le ranch.

— Ah oui, la ferme. Cet endroit existe toujours ? Génial !

— Tu la connais ? dit-il en fronçant les sourcils, car même si ce n'était pas un secret bien gardé, seuls les métamorphes agréés étaient autorisés sur la propriété.

Comme Leo avait lui-même l'habitude de gérer la liste des visiteurs, il connaissait tous ceux qui s'y rendaient. Pourtant, elle ne lui disait rien.

— Qui es-tu ? Je ne crois pas t'avoir déjà vue ici, lui demanda-t-il.

— Ouais, ça fait un moment que je ne suis pas venue. C'est ce qui arrive quand on se fait bannir pour plusieurs années à cause d'un malentendu idiot. Il suffit de faire exploser une citrouille d'Halloween pour que les gens pètent les plombs. Je vois que le hall a été repeint, il n'y a pas eu tant de dégâts que ça finalement.

Bannir ? Attendez une seconde. Il savait de qui il s'agissait. Il avait entendu Arik parler d'une cousine du côté de son père qui venait passer quelque temps ici. À vrai dire, il avait même dit mot pour mot :

— Mon foutu oncle m'a demandé d'héberger et de cacher la morveuse pour quelque temps à cause d'une sorte de catastrophe qui a lieu dans sa ville natale.

Ce à quoi Leo avait répondu :

— Tu sais que tu peux utiliser le mot « non » hein. Je le trouve plutôt efficace quand je n'ai pas envie de me laisser embarquer dans des trucs louches.

Le mot « non » permettait d'éviter beaucoup de chaos inutile.

Arik s'était mis à rire.

— Dire non à mon oncle ? C'est même pas la peine d'y penser. Ça se voit que tu ne l'as pas encore rencontré. C'est le seul type que je connaisse qui pourrait te donner l'air d'avoir une taille normale et quand il ne te menace pas de te tordre comme un bretzel, c'est le gars le plus gentil du monde. Mais il est également accaparé par ses filles qui sont de sacrées emmerdeuses.

Toutes deux bannies par l'ancien alpha du clan, car elles avaient causé trop de problèmes et étaient de manière générale, nuisibles.

Même si elle venait juste d'arriver, Leo comprenait déjà pourquoi l'ancien roi l'avait bannie.

— Tu es cette fautrice de troubles originaire de l'Ouest, n'est-ce pas ?

— Moi, une fautrice de troubles ? dit-elle en battant des cils.

Le problème, c'était qu'avec une bouche comme la sienne, tordue par un rictus, elle n'avait pas du tout l'air innocente.

— Non, ça, c'est ma sœur, Teena. Moi je suis Meena, sa jumelle, plus connue comme étant une catastrophe ambulante. Mais tu peux m'appeler ton âme sœur, continua-t-elle.

Puis, sur ces paroles, elle se jeta sur lui et planta un gros baiser baveux sur ses lèvres.

Et il aima ça.

Grrrrr !

CHAPITRE DEUX

OK, bon, effectivement, peut-être que se jeter sur un inconnu et lui planter un bon gros baiser sur ses lèvres sévères n'était pas ce qu'il y avait de plus distingué. Mais Meena avait échoué à ses examens de bienséance – plus d'une fois même – ce qui avait d'ailleurs rendu sa mère complètement folle.

Mais pour sa défense, elle ne comprenait pas pourquoi une femme devait apprendre à minauder, à faire la révérence ou attendre qu'un homme lui ouvre la porte. Si celle-ci avait une poignée et qu'elle de son côté n'avait pas les mains prises, pourquoi ne pouvait-elle pas l'ouvrir elle-même ?

Son professeur de bonnes manières avait également précisé que les filles bien élevées ne plantaient pas de gros baiser baveux sur les lèvres des garçons. Oh, et ni ne leur disaient qu'ils étaient leur âme sœur. Ce genre de chose avait tendance à faire flipper les mecs.

Mais flippé ou pas, il ne la repoussa pas. À vrai dire, il laissa même sa langue s'enfoncer dans sa bouche pour effectuer une danse amusante et glissante. Une danse très courte mais qui s'avéra assez excitante.

— Regardez ça ! Leo est en train d'embrasser Meena !

La personne qui venait de crier et de les interrompre méritait vraiment une claque, mais apparemment, ça non plus ce n'était pas autorisé, du moins pas avec les membres de la famille, même ceux éloignés.

L'homme sur qui elle avait jeté son dévolu s'était lentement écarté, comme si ses lèvres hésitaient à se séparer des siennes. Il la reposa par terre et elle se rendit compte un peu plus tard qu'il était parvenu à rester debout tout le long. Adorable. Peu d'hommes étaient capables de tolérer son enthousiasme – aussi appelé « ton gros cul » d'après son cher frère qui avait vraiment envie de se faire frapper – quand elle leur sautait dessus. Et oui, encore une chose que sa mère avait essayé de réfréner, étant donné que cette manie qu'elle avait de sauter sur les gens pour leur dire bonjour les conduisait accidentellement tout droit par terre – et parfois même aux urgences.

C'est de la faute de Papa. Étant un grand homme, il n'avait jamais eu de problème pour prendre ses jumelles dans ses bras, même lorsqu'elles avaient fini par être plus grandes que certains hommes.

Heureusement pour elle, le destin lui avait choisi un sacré gaillard comme âme sœur. Wouhou, poing levé !

Alors que son homme ne disait pas un mot, probablement bouche bée devant ce baiser extraordinaire, elle décida de briser la glace.

— C'était un sacré smack torride ça, mon Chou ! Ça te dit de trouver un endroit plus discret et de prolonger ce baiser ?

Leo se racla la gorge.

— Je ne crois pas non.

— Oh, tu préférerais rester ici et faire ça devant un public ? C'est un peu tordu mais bon, le voyeurisme, même inversé, c'est plutôt sexy.

Avait-elle rêvé ou bien venait-il de loucher durant quelques secondes ?

— Hum, non plus. Je veux dire, on ne devrait pas s'embrasser. Du tout. Nulle part.

— Pourquoi pas ? demanda-t-elle en penchant la tête sur le côté.

Elle se demanda pourquoi il était réticent. Elle avait pourtant senti son plaisir se presser contre elle – difficile d'ignorer sa taille impressionnante – quand elle l'avait enveloppé tel un manteau de Meena bien douillet.

Avant même qu'il ne puisse répondre, quelqu'un cria :

— Hé, Meena, ça te dit d'aller prendre un verre ?

Pas vraiment. Elle avait plutôt envie de parler un peu plus à ce grand gaillard, un gars contre qui sa lionne intérieure avait envie de se frotter et de lécher et de faire plein d'autres choses délicieuses.

Mais vu le regard sévère qu'il lui lança – et malgré ce baiser torride – il ne semblait pas enclin à satisfaire sa demande. Dommage.

— Mes potes m'appellent, et je vois que tu es simplement chamboulé par notre rencontre. Tu sais quoi, pourquoi ne prends-tu pas le temps de digérer tout ça – profites-en pour changer les draps aussi – et de réaliser que tu viens de rencontrer ta future compagne ? On se voit plus tard, mon Chou.

Lui faisant un clin d'œil et un signe de la main pour lui dire au revoir, elle s'en alla rejoindre ses amis, des cousines pour la plupart qu'elle n'avait pas vues depuis des années.

Même si elle avait été bannie pour un moment par l'ancien alpha, cela ne voulait pas dire qu'une partie de sa famille n'était pas venue lui rendre visite dans l'Ouest. Et ces bons moments passés ensemble leur avaient valu de se faire virer de plusieurs bars.

Les lionnes savaient faire la fête.

Maintenant que l'interdiction était levée, ses amies voulaient désormais faire visiter leur territoire à Meena. Enfin ! Plusieurs années s'étaient écoulées depuis ce décret qui l'avait empêchée de venir rendre visite. Meena avait été loin d'être déçue quand elle avait appris que le père d'Arik avait pris sa retraite. Ce type était tellement strict et avait un vrai balai dans le cul quand les adolescentes faisaient des blagues débiles, comme le fait de mettre de la graisse sur le sol du hall et de le transformer en patinoire intérieure. Pourtant elle avait tout lavé, ainsi que la sève des arbres dont le mur extérieur avait été recouvert pour jouer au papier tue-mouches. Et pour ceux qui n'y ont jamais joué, il s'agit de courir en direction du mur et de se jeter dessus pour voir si l'on reste collé. Comme une mouche. Celle qui parvenait à rester collée le plus longtemps possible avait gagné. Sa cousine Lolly qui était toute fine gagnait toujours.

Enroulant ses bras autour de ceux de Zena et Reba, Meena quitta la résidence qui abritait la plupart des membres du clan de lions de la ville. Les félins, notamment les lionnes, aimaient bien rester tous ensemble, ce qui avait tendance à rendre fous leurs maris et leurs petits amis. Mais tout homme assez courageux pour s'accoupler avec une lionne, devait apprendre à vivre avec — ou à faire face à ces douze paires d'yeux qui le scrutaient en lui demandant pourquoi selon lui elles devaient déménager.

— Je n'arrive pas à croire que tu as embrassé Leo ! s'exclama Zena.

— J'ai trop aimé l'expression sur son visage. On aurait dit que monsieur Calme et Stoïque venait de se prendre un coup de pied dans les burnes, ajouta Reba.

Aïe. Ça n'avait pas l'air très agréable. Ni très prometteur, surtout maintenant qu'elle était convaincue qu'il était son âme sœur.

— Leo ? Pourquoi ce nom me semble-t-il familier ? demanda Meena qui réfléchissait à voix haute.

— Parce qu'il est l'oméga du clan, répondit Reba.

— Ah bon ? Mais qu'est-il arrivé à Tau ?

— Tau a pris sa retraite il y a deux ans environ. Il a essayé de tenir bon et de rester après que le père d'Arik ait dit merde et soit parti en Floride avec sa compagne, Lew, la bêta du clan. Mais Tau et Arik n'étaient pas vraiment sur la même longueur d'onde, alors Arik a fait appel à une toute nouvelle équipe. C'est donc Hayder qui a pris le poste de bêta et Leo celui de l'oméga, expliqua Reba.

— Il est canadien, c'est pour ça qu'il est si calme, à cause des hivers froids. Ils ont une pression artérielle plus lente, ça les rend plus léthargiques et ils sont donc moins sujets aux crises de nerfs, ajouta Zena.

— Qu'est-ce que c'est bête de dire ça ! dit Reba qui s'arrêta net et leva les yeux vers sa meilleure amie. Les

Canadiens ont le sang aussi chaud que n'importe quel Américain. Peut-être même plus, justement à cause de leurs hivers incroyablement froids. Ils ont justement besoin d'agir pour se tenir chaud. Moi je connaissais un Français originaire de l'Ontario qui pouvait faire fondre ma culotte d'un simple regard.

— N'importe quel type qui te regarde peut te faire enlever ta culotte !

— C'est faux.

— Si c'est vrai.

Sentant qu'une bagarre était sur le point d'éclater, et pour une fois pas à cause d'elle, Meena décida de s'interposer, jouant le rôle de la pacificatrice.

Regardez-moi ça ! Mon futur compagnon a déjà un impact sur moi.

— Cousines, pourquoi ne pas être d'accord sur le fait que vous n'êtes pas d'accord ?

— Je pense toujours que ce sont tous des pacifistes, dit Zena avec un rictus.

— Avec de super grosses bites et des langues torrides.

— Ça donne envie de faire la paix tout ça.

Des gloussements suivirent.

Mais Meena se fichait de sa nationalité.

— Il est mignon, dit-elle.

Sa déclaration fut suivie d'un silence et lui valut des regards choqués.

— Pourquoi vous me regardez comme ça ? Il est complètement mignon et super sexy aussi.

— Tu parles de Leo, là ?

— Qui d'autre ? Oh, allez, vous n'allez pas me dire que vous ne l'avez pas remarqué.

Comment pouvait-on le rater ? Meena avait été fascinée par lui dès l'instant où il avait franchi les portes vitrées du hall. C'est pour ça qu'elle avait fait exprès de rater son lancer de frisbee juste après.

Zena fronça le nez.

— Ben, ouais, on a remarqué que c'était un beau gosse, mais c'est pas pour autant que l'une d'entre nous a tenté quelque chose. Leo n'aime pas sortir avec des filles du clan. Enfin, il n'aime pas vraiment sortir avec des filles tout court et quand il le fait, il préfère tenir ces filles loin de nous. Il est plutôt timide pour les relations amoureuses.

— Et il a tendance à s'en tenir aux humaines. Il n'aime pas les filles du clan. Il dit qu'elles causent trop de problèmes, ajouta Reba en levant les yeux au ciel.

Comme si Meena allait laisser cette préférence la dissuader. Ce Leo était le ying de son yang. La cerise sur son gâteau. Le gars qui allait faire basculer sa vie, casser son lit et peut-être même l'aider à éviter tous ces désastres qui semblaient la suivre de partout ou au moins la calmer avec ses pouvoirs d'oméga vaudou quand elle énervait les gens.

En d'autres mots, l'homme parfait quoi.

CHAPITRE TROIS

Quel chaos parfait cette femme venait de semer dans son esprit !
La rencontre avec Meena avait laissé un arrière-goût dans la bouche de Leo – et il n'était pas désagréable. Au contraire, il sentait encore sur sa langue la saveur de son chewing-gum à la fraise. Miam. Presque aussi délicieux que la sensation de la tenir dans ses bras et de toutes ses courbes qu'il pouvait sentir. Il aimait beaucoup quand une femme était bien en chair.

Mais il ne pouvait pas aimer cette femme.

Cette soi-disant future compagne. Il ricana à nouveau en traversant les quelques pâtés de maisons qui le séparaient du restaurant de grillades auquel il aimait souvent se rendre. Même si Leo était un bon cuisinier, parfois, il aimait bien laisser quelqu'un d'autre faire le travail à sa place. Surtout dans des moments comme celui-ci où ses émotions d'habitude calmes et ordonnées étaient étrangement agitées.

Lorsque Meena était partie, il avait observé le balancement de ses fesses avec un peu trop d'intérêt. À son grand désarroi, cela n'était pas passé inaperçu et les demoiselles du clan qui se prélassaient à la réception l'avaient taquiné à ce sujet. Il n'avait pas trouvé leur petite chanson improvisée si drôle que ça.

— Leo et Meena, assis sur un arbre, en train de B-A-I-S-E-R [1] !

— Arrêtez ça ! avait-il aboyé, luttant pour ne pas rougir et pour qu'elles cessent immédiatement.

Puis, il leur avait jeté un regard noir pour faire bonne figure jusqu'à ce qu'elles s'en aillent.

Mais le mal était fait. La chanson lui était restée en tête. Merde !

Ayant besoin d'évacuer l'adrénaline, Leo avait pris les escaliers au lieu de l'ascenseur, martelant les marches, trois à la fois. Le temps qu'il atteigne son étage, sans transpirer une seule goutte ni être à bout de souffle, il avait presque réussi à calmer cette envie de la traquer.

Presque.

Son félin intérieur en revanche avait boudé. Lui faisant mentalement la tête, son ligre n'avait pas compris pourquoi ils ne pourchassaient pas cette femelle à l'odeur incroyable.

Parce qu'on ne veut pas d'ennui.

Quand il était entré dans son appartement, un espace de sérénité aux couleurs discrètes – ou comme disait Luna : « E-n-n-u-y-e-u-x » – il avait enlevé ses chaussures et s'était fait une bonne tasse de thé vert à la menthe. Et non, ce n'était pas un truc de mauviette. Demandez à Hayder, lui qui avait fait l'erreur de le taquiner pour finalement avoir le souffle coupé quand Leo avait parfaitement frappé son diaphragme. Comme Leo l'avait ensuite expliqué au bêta du clan pendant que celui-ci se remettait du choc : « Ce thé participe à la concentration, ce qui, finalement, me permet de viser juste. »

De la distraction. C'était ce dont il avait besoin pour oublier le goût de ses lèvres pulpeuses ou la façon dont la silhouette voluptueuse de Meena s'était collée contre lui.

Il avait saisi le livre d'un de ses auteurs préférés qu'il avait commencé à lire quelques jours plus tôt puis avait essayé de poursuivre sa lecture, mais il n'était pas parvenu à se concentrer. Au lieu de voir des mots, il ne percevait que les courbes de ses lèvres et les étincelles dans ses yeux. Sa bite s'était durcie en se remémorant sa chaleur lorsqu'elle s'était pressée contre lui, l'odeur de son excitation qui l'avait enveloppé, le suppliant de la toucher et de lui procurer du plaisir et...

Malgré une forte envie de jeter le livre, il avait replacé son marque page et l'avait posé sur la table, parfaitement aligné avec le bord.

Comme il lui avait été impossible de se concentrer sur les mots qu'il lisait, il avait eu recours au ménage, mais tout était impeccable chez lui. Oui, il était un vrai maniaque de la propreté. Actuellement, il n'y avait que ses pensées qui étaient sales. Oh, toutes ces choses qu'il avait envie de faire à cette femme agaçante.

Mais il ne les ferait pas.

Concentre-toi.

La position du lotus qui impliquait d'avoir les jambes croisées, les coudes sur les genoux, les yeux fermés pendant qu'il émettait un « Humm » grave ne l'avait pas aidé à retrouver sa sérénité. Comme toutes ses petites astuces habituelles ne fonctionnaient pas, il s'en était remis à la seule qui marchait toujours.

La nourriture.

D'où le fait qu'il se retrouva dehors au moment où le crépuscule tombait, en route vers le meilleur restaurant de grillades de la ville. Celui-ci appartenait au clan, évidemment. Les lions savaient le genre de viande qu'ils aimaient. Vous cherchez un steak, saignant avec juste ce qu'il faut d'assaisonnement, un filet de sauce au vin rouge, une pomme de terre farcie au four et en accompagnement, des légumes sautés et nappés d'une sauce au beurre ? Alors ramenez vos fesses chez Le Clan du Lion.

Son ligre, habituellement calme, ne put s'empêcher de mentalement remuer la queue. Mais ce n'était pas vraiment à cause de la nourriture, mais plutôt parce qu'une légère odeur venait de lui chatouiller les narines. Une certaine odeur de chewing-gum à la fraise et de : oh-putain-elle est là. Ce genre d'odeur là.

Heureusement, le restaurant était immense et Leo n'était pas un lâche. Il n'allait pas s'enfuir en courant. Il y avait des chances pour que cette fille, Meena, l'ait déjà oubliée. Et si ce n'était pas le cas, il la remettrait à sa place – et il ne voulait pas dire par-là que sa place était dans sa chambre à lui.

Le maître d'hôtel lui sourit quand il le vit arriver.

— Leo, comme c'est aimable de vous joindre à nous. Souhaitez-vous que je transmette aux cuisines de vous préparer la même chose que d'habitude ?

— Oui, s'il vous plaît.

— Malheureusement, votre table préférée est actuellement occupée. À vrai dire, toute la salle à manger est pleine. Mais j'ai un box du côté du bar qui vous permettra d'avoir un peu d'intimité.

Comme Othiel le connaissait bien !

La cabine en question, dont les banquettes étaient en cuir, était collée contre le mur et bien protégée. Cela n'empêchait pas les bruits de circuler jusqu'à lui, mais il les tolérait. Le bourdonnement sourd des voix, entrecoupé par de nombreux rires, signifiait que les gens passaient du bon temps et s'entendaient bien.

Pas besoin de la jouer oméga et de leur botter les fesses pour qu'ils changent de comportement.

Même s'il ne se servirait pas de sa *voix* d'oméga, surtout pas en public ni en présence d'humains. Le monde n'était pas tout à fait prêt à découvrir que des métamorphes recouverts de fourrure vivaient et travaillaient parmi eux.

Beaucoup de membres de son espèce avaient eu peur qu'avec l'émergence des réseaux sociaux et des appareils photo, leur secret devienne de plus en plus dur à garder.

Faux.

Avec les réseaux sociaux, les effets spéciaux et ce besoin de prouver que tout était faux, il était finalement plus facile d'expliquer les apparitions étranges d'animaux sauvages dans les zones urbaines. Vous avez vu un lion marcher dans une ruelle ? C'était un gars qui se rendait à une soirée costumée. Quelqu'un a publié une vidéo de deux loups en train de se battre sur le parking d'un restaurant de burgers ouvert vingt-quatre heures sur vingt-quatre durant la pleine lune ? De toute évidence il s'agit d'une farce et d'effets spéciaux créés par un adolescent qui a du temps à tuer et de certaines compétences en informatique.

Se cacher en étant exposé à la vue de tous n'avait jamais été aussi facile, mais certains, comme Leo, préféraient rester loin de la foule ou des grands rassemblements. Mais il avait ses raisons. Ostracisé à un très jeune âge par ses pairs parce qu'il était un hybride – un ligre, à moitié lion, à moitié tigre – cette expérience l'avait en quelque sorte rendu timide.

Le fait qu'il se soit révélé être une cible facile à harceler n'avait pas aidé. À l'époque, il n'était qu'un petit garçon chétif dont la mère préconisait de toujours discuter pour régler les problèmes. Ouais, discuter ne servait pas à grand-chose face aux coups de poing, alors il revenait souvent chez lui avec des yeux au beurre noir et des dents en moins.

Une fois qu'il eut atteint l'adolescence et bénéficié d'une croissance impressionnante, il réalisa soudain que ceux qui le narguaient auparavant étaient désormais plus enclins à discuter plutôt que de se battre. Mais comme Leo savait que certains étaient un peu durs de la feuille et encore moins capables de comprendre quoi que ce soit, il appuyait parfois ses propos sur les bonnes manières avec un ou deux coups de poing bien placés.

Épargnez les coups de poing et vous aurez un petit métamorphe impoli. Du moins, c'était ce que disait sa grand-mère.

Lorsqu'il quitta le lycée et obtint son diplôme – avec les félicitations évidemment – il partit de la maison familiale et se rendit à l'université, où il rencontra Arik et Hayder. Malgré son besoin de tranquillité, les deux hommes semblaient déterminés à l'entraîner avec eux et à le mêler à leurs histoires.

Mais à sa grande surprise, il prit plaisir à jouer le rôle de médiateur afin de résoudre leurs dilemmes et plus étonnant encore, malgré leur nature chaotique, il apprécia leur compagnie. Avec eux, il se sentait chez lui. Accepté.

Après l'université, ils prirent chacun des chemins différents, Arik partit travailler pour l'entreprise d'exportation du clan avec Hayder, tandis que Leo intégra pour un temps une entreprise privée spécialisée dans la sécurité. Certains auraient pu qualifier son travail comme étant celui d'un mercenaire. D'autres, celui d'un espion. Lui, appelait ça acquérir de l'expérience et avoir un salaire. Mais il n'aimait pas assez ce travail pour rester quand Arik lui proposa de rejoindre le clan et de devenir leur oméga officiel. Le rôle de l'oméga était d'établir la paix au sein du clan. Il était censé être la voix de la raison, le médiateur, celui qui est calme. Celui à qui tout le monde confiait ses emmerdes et demandait de l'aide pour tout réparer.

Il avait failli dire non. Être constamment entouré de gens, vingt-quatre heures sur vingt-quatre en ville ? Il avait été à deux doigts de rejeter l'offre jusqu'à ce qu'Arik lui propose de venir rencontrer le clan. Tout le monde se réunissait pour un mariage, c'était l'occasion parfaite pour lui de rencontrer le clan et de se faire une idée des gens qu'Arik dirigeait.

Sauf que Leo n'avait jamais pu se rendre jusqu'à la réception du mariage. Il n'était pas allé plus loin que la salle de bal géante, où de légers reniflements l'avaient conduit jusqu'à un petit garçon, un lion d'après l'odeur, caché dans un placard.

En ouvrant la porte, il s'était accroupi pour se mettre à hauteur de l'enfant qui tremblotait.

— Qu'est-ce qui ne va pas ?

Bizarrement, alors que les adultes avaient tendance à regarder Leo avec méfiance à cause de sa taille, les femmes et les enfants l'appréciaient toujours.

Et celui-ci fit de même.

— Rory et Callum m'ont pris ma tablette.

Et à en juger par sa silhouette fine, le petit garçon ne semblait pas penser qu'il pouvait la récupérer.

Cela lui avait rappelé l'époque où Léo devait se défendre seul face aux brutes au sein d'un clan où l'oméga ne prenait pas la peine de faire le médiateur entre les enfants, encore moins pour un hybride.

C'est à ce moment-là que Leo avait pris sa décision. Ici, il pouvait faire la différence, il pouvait aider ceux qui avaient besoin qu'on les défende, mettre en place des règles pour maintenir la paix et pouvoir manger des steaks quand ça lui chantait. Ouais, Arik l'avait appâté en l'emmenant au Clan du Lion et en lui promettant qu'il pourrait toujours manger ici gratuitement s'il acceptait de rester.

Ajoutez à cela un appartement et Leo n'était plus jamais reparti.

Il fit également regretter à Arik de lui avoir proposé de manger gratuitement. Leo avait bon appétit. Il en profita au maximum, mais même s'il n'avait pas à payer, il laissait de bons pourboires, ce qui faisait que le personnel du restaurant l'adorait.

Sirotant un grand verre de lait – dans une chope de bière d'une capacité d'un litre étant donné que Leo prenait sa santé très au sérieux – il ferma les yeux et pencha la tête en arrière, inhalant les délicieuses odeurs de nourriture qui lui mettaient l'eau à la bouche.

Il redressa soudainement la tête lorsqu'il sentit un arôme torride flotter dans sa direction.

— Mon Chou ! Je savais que tu viendrais me trouver, dit Meena d'un air enthousiaste alors qu'elle était assise de l'autre côté de la table.

Sa bite se leva pour lui dire bonjour, mais il plaqua son poing contre son genou.

— Je suis venu pour dîner.

— Pour dîner ? Oooh, j'adore quand les hommes aiment *manger*, dit-elle avec un clin d'œil.

Il lutta pour ne pas rougir. Lui. Qui rougit. C'est quoi ce délire ?

— Tu ne devrais pas retourner voir tes amies ? lui demanda-t-il avant de faire quelque chose de fou.

Comme de l'inviter chez lui pour le dessert.

— Elles peuvent bien attendre, le temps que je dîne avec mon Chou. Enfin, je veux dire, je ne voudrais pas être impolie pour notre premier rendez-vous.

— Ce n'est pas un rendez-vous.

— Et pourtant, nous sommes là, toi, moi et la nourriture ! dit-elle en applaudissant et criant presque le dernier mot, probablement parce que le serveur arriva à ce moment-là avec un énorme plateau sur lequel se trouvait un steak ridiculement gros ainsi que toutes les garnitures.

Avant même qu'il n'ait fini de dire merci à Claude

pour avoir servi son repas si rapidement, elle coupa un morceau de son steak et l'engloutit immédiatement. Alors qu'elle mâchait, les yeux fermés, elle émit des bruits de plaisir.

Des bruits qui ne devraient pas être autorisés en public.

Des bruits qu'elle n'aurait dû faire que s'il l'avait touchée.

Des bruits qui le firent craquer.

— Ça va, je te dérange pas ? C'est mon dîner.

— Pardon mon Chou. C'était tellement impoli de ma part. Tiens, prends un morceau.

Elle lui offrit le morceau de steak suivant sur les piques de sa fourchette, une fourchette qui avait touché ses lèvres.

Refuse. On ne partage pas. On...

Il le dévora, le morceau de viande était absolument délicieux. Juteux, avec une légère pointe de sel et d'ail, aussi tendre qu'un morceau de beurre. Ce fut à son tour de soupirer.

— Bon sang, qu'est-ce que c'est bon.

— Vas-y, fais encore ce bruit, grogna-t-elle.

Il leva les yeux vers elle et remarqua qu'elle était en train de fixer sa bouche du regard, d'un air avide. Affamé...

C'était à la fois flatteur et perturbant. Il fallait qu'il arrête tout ça. Tout de suite.

— Si ça ne te dérange pas, je préfèrerais manger seul.

— Seul ?

— Oui, seul. Bien que je sois flatté par l'intérêt que tu me portes, je crains que tu ne te trompes pour tout le reste. Ce n'est pas un rendez-vous. Nous ne sommes pas des âmes sœurs. Nous ne sommes rien. Zilch. Nada.

Pas besoin d'arrondir les angles. Il valait mieux tout mettre au clair maintenant avant qu'elle n'aille plus loin avec cette idée complètement folle qu'ils étaient faits pour être ensemble.

Mais pourtant nous lui appartenons.

Leo ignora son félin intérieur en attendant qu'elle explose. Les femmes ne vivaient jamais bien le rejet. Soit elles avaient recours aux larmes ou aux gémissements, soit elles criaient et vociféraient.

Mais l'honnêteté était ce qu'il y avait de mieux.

Cependant, Meena ne réagit pas comme prévu. Ses lèvres s'étirèrent en un rictus, ses yeux étincelèrent et elle se pencha en avant – pressant ses seins l'un contre l'autre, mettant en avant son décolleté et lui donnant un aperçu de cette vallée sombre qu'ils venaient de créer.

— La résistance est futile. Mais c'est mignon. Pense à moi quand tu te masturberas un peu plus tard, moi en tout cas je penserai à toi.

Lui volant une dernière fois un morceau de viande, elle sauta de son siège et se dirigea vers le bar.

Ne regarde pas. Ne regarde pas.

Pff. Il était un félin. Évidemment qu'il regarda et admira le balancement hypnotisant de son cul.

Elle avait pris son rejet bien mieux que prévu, même si sa méthode à elle était un déni complet. Cependant, il apprécia qu'elle n'ait pas fait de scène et qu'elle l'ait laissé terminer son repas en paix, une paix qui fut soudain interrompue alors qu'il dégustait un chocolat chaud avec son dessert.

— Fais-le ! Fais-le !

Les rires rauques provenant du bar et suivis de quelques cris stridents vinrent perturber le bourdonnement régulier de la foule.

Désormais habitué aux femmes bruyantes – les demoiselles du clan étant loin d'être discrètes – il ignora le vacarme et savoura la délicieuse sauce au caramel crémeuse qui recouvrait son brownie fondant.

Le bruit au bar s'intensifia. Il s'abstint de lever les yeux pour identifier la source, même si son ligre insistait pour qu'il jette un coup d'œil.

Pourquoi regarder alors qu'il savait déjà qui traînait au bar ? Même s'il ne regardait pas dans sa direction, Leo pouvait la *sentir* d'une façon qui le dérangeait. Il était certain que son affirmation précédente sur le fait qu'ils soient des âmes sœurs était fausse. Le destin ne l'aurait pas associé à quelqu'un d'aussi inadapté à son style de vie et à ses goûts.

OK, peut-être qu'elle était à son goût. Physiquement, il n'y avait aucun problème. Non, le problème c'était surtout qu'elle représentait le chaos. *Je ne peux pas imaginer passer le reste de ma vie à devoir gérer des problèmes,* même si prendre en main les difficultés – et ses courbes – était quelque chose qu'il pouvait totalement apprécier.

Finissant son repas, il décida de partir – *Fuis tant que tu le peux !* – lorsque le bruit monta d'un cran.

Reste en dehors de ça. Ne regarde pas. Argh ! Il ne put s'en empêcher. Inconsciemment – ou à cause de son ligre rusé qui l'influençait – il jeta un coup d'œil vers cette mer de têtes blondes. Elles chantaient toutes à l'unisson ;

— Bois ! Bois ! Bois !

Les lionnes aimaient beaucoup les martinis et les cocktails et le Clan du Lion était là pour les satisfaire. Cet endroit était plus qu'un restaurant de grillades. Le bar était tenu par des barmen expérimentés qui étaient capables de préparer de très bons cocktails pour ceux qui voulaient plus qu'une simple bière ou du vin.

Il ne fut pas surpris de constater que Meena était le centre d'attention, en train de boire un gros cocktail sans même prendre le temps de respirer. Une compétence très utile à avoir quand il s'agissait d'avaler.

Vilain minou !

Lorsqu'elle eut terminé son impressionnante descente, elle posa le verre sur le bar et se lécha les lèvres.

Des lèvres humides. Délicieuses.

Huum.

Il voulut s'en aller, mais comme si elle sentait ses yeux posés sur elle, elle tourna la tête et croisa son regard. Puis lui fit un clin d'œil. Et afficha un rictus.

Oh, oh... il connaissait ce regard. Et il signifiait : « Cours ! »

Hélas, il fut trop lent.

Posant ses mains sur le bar, Meena se hissa dessus et monta sur la surface polie. Elle portait toujours ce short ridiculement court. Étant donné sa position, sur le bar, tous les hommes présents pouvaient désormais voir à quel point sa tenue moulait parfaitement ses courbes en forme de sablier.

Ce qui fit grogner et hérisser les poils de son félin. Si seulement il avait un long manteau à disposition pour la couvrir. Drôle de façon de penser puisque beaucoup d'autres lionnes portaient le même accoutrement, voire pire, et il n'en avait pourtant rien à faire.

— Qui veut boire quelques shooters avec moi ?

Les mains se levèrent et bien trop de voix crièrent :

— Moi !

— Génial ! Barman, une tournée de tequila paf pour moi et mes amies ! s'exclama-t-elle d'un air enthousiaste.

La tequila n'avait jamais paru aussi sexy qu'à cet instant à cause de Mme Déterminée-À-Le- Contrarier.

D'abord, elle lécha le sel qu'elle avait saupoudré sur sa main. Sa langue rose et souple caressa les cristaux salés, lentement, langoureusement.

Prendrait-elle autant son temps avec une peau nue ?

Concentre-toi ! Concentre-toi !

Cette fois-ci, il ne détourna pas le regard. Avec la tête penchée en arrière, ses cheveux tombant sur ses épaules et le long de son dos pour venir toucher le haut de son cul, Meena avala d'une traite la tequila qui se trouvait dans son verre.

Je me demande si elle aime qu'on lui tire les cheveux. Notamment s'il la prenait par-derrière, ses fesses douces et voluptueuses accueillant ses coups de reins.

Leo ne put s'empêcher de gémir.

Quant à elle, elle se mit à rire en prenant le quartier de citron dans sa bouche et en le mâchant. Elle grimaça et pinça les lèvres après avoir craché le morceau jaune.

— Argh ! Wouhou !

Elle leva le poing.

Elle était complètement dingue. Un peu comme les autres lionnes qu'il connaissait.

Un homme sain d'esprit se serait enfui. Un homme sage partirait en courant.

Mais il ne pouvait pas partir.

En tant qu'oméga du clan, il lui incombait de s'assurer que les choses ne dérapent pas trop. Il n'allait pas non plus s'interposer pour qu'elles arrêtent de boire – cela provoquerait trop de colère et de gémissements et elles l'accuseraient de gâcher leur plaisir. Puis le problème c'était aussi que, lorsqu'il était la voix de la raison et sermonnait les filles ivres du clan, elles avaient tendance à l'appeler Papa – et à lui présenter leurs fesses pour qu'il leur donne la fessée.

Même s'il allait devoir traîner certaines filles jusqu'à chez elles une fois que l'alcool aurait faussé leur sens de l'orientation, il laisserait les lionnes boire comme des trous et leur ferait la leçon plus tard sur le comportement que doit adopter une jeune femme convenable. Elles n'écouteraient probablement pas, riraient même sûrement, mais il essaierait. Parce que c'était ce que faisaient les omégas. Ils guidaient les autres – en utilisant cette voix agaçante qui disait : « Je te l'avais dit ».

Pour ce qui est de Meena, je ne pense pas qu'un sermon fasse l'affaire.

Enfin, selon la partie du corps qu'il sermonnerait avec sa langue, cela pourrait être différent. Il arrivait d'ailleurs trop facilement à s'imaginer entre ses cuisses crémeuses.

Pas bien. Tellement pas bien.

Miam. Tellement miam.

Il valait mieux qu'il se concentre sur ce sermon qu'il allait donner à ces lionnes sauvages. Ou alors il pouvait éviter les jappements inutiles et effectivement les poser sur ses genoux comme elles ne cessaient de lui demander. Ou plutôt mettre Meena sur ses genoux. Qu'elle lui présente ses fesses à peine couvertes dans ce short indécent. Qu'il gifle ses contours arrondis. Se penche vers...

— Encore une autre tournée barman ! Des cocktails B-52 cette fois-ci !

Ça ne sentait pas bon.

Il est important de souligner que, même si les métamorphes avaient des métabolismes plus puissants et pouvaient évacuer l'alcool plus rapidement que les humains, celui-ci leur faisait quand même de l'effet, surtout s'il était consommé en grandes quantités.

Il ne fallait pas être un génie pour voir arriver la catastrophe, d'autant plus que la Meena bien en chair commençait à vaciller sur la surface polie du bar, les joues rouges, les yeux vitreux et riant grassement et sans retenue.

Elle ne faisait preuve d'aucun bon sens. Même si elle chancelait, elle continuait de boire les boissons que la foule enthousiaste lui offrait.

— Qui veut une Turlute ? demanda-t-elle.

Moi !

Au fond, il savait qu'elle parlait d'un cocktail, mais cela n'empêcha pas sa bite de tressauter avec intérêt.

Cela ne l'empêcha pas non plus de l'imaginer sur ses genoux, les yeux rivés sur lui et les joues creuses, la bouche grande ouverte sur son membre alors qu'elle allait d'avant en arrière.

Il gémit.

Posant sa serviette en lin sur la table, Leo se leva et bien qu'il eut l'intention de partir – flemme d'attendre que ça dégénère – à la place, il se mit à avancer dans sa direction.

Une foule de lionnes se trouvait en travers de son chemin. Il ne lui fallut que quelques coups de coude pour que les silhouettes s'écartent sur son passage. Pour ceux qui n'auraient pas compris, il les saisit et les poussa.

En arrivant au bar, il ne dit pas un mot. Il tendit simplement le bras, juste à temps pour rattraper une Meena pompette, alors que la gravité faisait enfin son travail.

Ivre ou pas, Meena le reconnut. Un large sourire étira ses lèvres et une fossette fit son apparition sur sa joue.

— Salut mon Chou. Je savais que tu ne pouvais pas me résister.

— Personne ne t'a jamais dit qu'il ne fallait pas se mettre debout sur les bars ?

— Eh bien, si, mon amie Gina me l'a déjà dit, mais surtout parce que la dernière fois je portais une jupe et son petit-ami n'arrêtait pas de regarder en dessous. C'est elle qui a commencé la bagarre. Comme si j'en avais quelque chose à faire de son petit copain maigrichon. Je préfère les hommes costauds. Comme toi.

Le compliment eut son petit effet. Il fut traversé par une vague de chaleur, réveillant ses terminaisons nerveuses, sa peau, tout. Il fut encore plus conscient de son corps qu'il tenait dans ses bras. Malheureusement, les autres autour d'eux le remarquèrent également.

— Bien joué, Leo.

— J'ai gagné vingt dollars.

— Ça compte pas, grogna une autre femelle. Techniquement elle est tombée du bar.

— Mais elle n'a pas touché le sol. Donc tu me les dois.

Les lionnes ne furent absolument pas choquées par la chute de l'une d'entre elles. Au contraire, une autre lionne prit sa place sur le bar – mais bizarrement, Leo n'en avait rien à faire qu'elle tombe.

Il se tourna pour partir et fit face à Reba qui tenait un shooter d'alcool dans chaque main.

— Leo et Meena assis dans un arbre en train de S-E-M-B-R-A-S-S-E-R !

Bon au moins, cette fois-ci elles chantaient la version officielle et plus appropriée. Ignorant leur proposition alors qu'elles insistaient pour qu'il boive avec elles, Leo s'en alla et se fraya un chemin parmi les gens et les tables jusqu'à la porte d'entrée.

Meena ne semblait absolument pas perturbée qu'il l'ait prise avec lui. Au contraire, elle se mit à rire.

— Et il l'emporta sous le soleil couchant, ou là c'est plutôt sous le clair de lune, et ils vécurent heureux pour toujours ! clama-t-elle.

Meena se servit de ses orteils pour attraper un plateau de vaisselle vide et l'envoya valser plus loin.

Mais cet incident ne ralentit pas son pas pour autant. Pour lui, plus vite il la sortait d'ici, moins il y aurait de dégâts.

Et plus vite nous serons seuls.

Cette pensée sournoise le fit presque trébucher.

Il décida de la rappeler à l'ordre et de faire de même avec son esprit.

— Le fait que je t'ai sauvée face aux lois de la gravité ne change rien. Je faisais simplement mon travail d'oméga. J'ai vu qu'une catastrophe se préparait et je l'ai évitée.

Cela aurait pu sembler plausible si la fâcheuse vérité derrière le fait qu'il ait rattrapé sa silhouette sexy, n'était tout simplement pas parce qu'il n'avait pas pu s'en empêcher.

— Je ne sais pas si je qualifierais ça de catastrophe. Je veux dire, tu m'as rattrapée et tu ne m'as pas laissée tomber. Rien n'a été cassé, tu n'as pas besoin d'une ambulance et là je me fais porter comme une princesse par quelqu'un qui n'est pas de ma famille. C'est complètement génial, tout comme le fait que je sois assez proche de toi pour pouvoir faire ça...

Et par, ça, elle voulait dire mordiller son cou alors que des cris et suggestions lubriques émanaient du bar derrière eux et s'estompaient petit à petit alors qu'il la portait dehors, à l'air frais.

L'air frais de la nuit ne l'empêcha pas de continuer à le mordiller de manière sexy et de sucer la peau de son cou. Et il n'apaisa pas non plus l'ardeur de Leo qui insistait pour tendre le tissu de son pantalon.

Si elle avait été une autre femme, Leo se serait peut-être autorisé à apprécier ses caresses. Mais là, il s'agissait de la cousine d'Arik. Et Hayder parlait toujours d'elle en chuchotant – et prenait un air paniqué dès que l'on mentionnait son nom et une histoire de cheveux. Cette femelle chaotique était respectée par les filles du clan qui disaient que ses pitreries étaient légendaires.

Avec une telle réputation, il valait mieux que Leo garde ses distances.

Non. C'est notre femme. Rends-lui ses baisers.

Sa bête se fichait de connaître les raisons pour lesquelles ils ne devraient pas apprécier ce qu'elle leur offrait. Heureusement que c'était l'homme qui était aux commandes.

Même si Meena était plutôt forte, cela ne le dérangeait pas de la porter. C'était même probablement plus sûr pour la société en général s'il le faisait. Comme ça, il pouvait s'assurer qu'elle rentre bien chez elle et aille au lit avant de provoquer d'autres désastres.

Cette réticence qu'il éprouvait à la laisser partir était-elle liée au plaisir qu'il ressentait alors qu'elle lui mordillait le cou ?

Non, jamais. Jamais il ne s'abaisserait à ça.

N'est-ce pas ?

Il essaya d'ignorer ses pitreries en prenant la parole.

— Ta mère ne t'a-t-elle donc jamais appris à ne pas boire comme un trou en public ?

— Ma mère est une prude coincée qui pense que faire de la broderie et des confitures consiste à passer du bon temps. Je préfère vivre un peu. Et puis, où était le mal ? Je m'amusais bien. J'ai payé pour les boissons à l'avance. Je n'ai vomi sur personne. Je dirais plutôt que tout allait bien.

— Tu es tombée du bar.

— Ah bon ? Je croyais qu'un certain beau gosse s'était approché pour tester ses réflexes.

— Tu n'es pas tombée intentionnellement.

— Si tu le dis, mon Chou.

Elle appuya ses paroles avec une succion de plus sur son cou.

— Pourquoi est-ce que tu persistes à m'appeler mon Chou ? Je m'appelle Leo.

— Tout le monde t'appelle Leo. Je veux mon propre surnom. Et je choisis mon Chou. Ça te plaît ? Je pense que ça te va très bien parce que tu es tellement grand et câlin.

Effaré, il lança soudain :

— Je ne suis pas câlin !

Au contraire, il préférait regarder des films seul, dans son fauteuil.

Elle frotta sa joue contre son épaule.

— Tu es complètement câlin. Et mignon. Et tu as de super fesses.

Ah oui ? Et non, il ne laissa pas son torse se gonfler de fierté devant ses compliments.

— Je crois que tu es saoule.

— Je suis peut-être un peu pompette, mais je ne suis pas aveugle. Tu es sexy. Et même si tu n'étais pas mon âme sœur je courrais quand même après ton petit cul.

— Nous ne sommes pas des âmes sœurs.

— Pas encore.

— Jamais.

C'était lui ou bien cette conversation avait-elle un air de déjà vu ?

— Tu joues les difficiles. Ça me plaît.

— Je ne joue pas, je suis sincère. Je n'ai pas envie de m'engager dans une relation.

— Mouais, cause toujours, mon Chou, dit-elle d'un ton moqueur avant de continuer l'exploration de son cou.

Voyant que cette discussion ne menait à rien, il continua de marcher.

Et non, il ne la reposa pas par terre. Ne lui demandez pas pourquoi. Il ne le fit pas. Il ne pouvait pas.

Parce qu'elle est à nous.

Grrr !

Il garda son cri de frustration pour lui et ignora les regards curieux qui l'observaient lorsqu'il entra dans la résidence et se rendit immédiatement vers un ascenseur.

Quelqu'un se racla la gorge, mais avant qu'il ne puisse prendre la parole, il grogna :

— Pas un mot. Pas. Un seul. Mot. Pour ceux qui aimeraient savoir – car les félins étaient des créatures très curieuses – je mets notre invitée ivre au lit.

Meena cessa ses bisous dans le cou, assez longtemps pour crier :

— Et ne nous dérangez pas ! Ce soir, je m'envoie en l'air !

Il ferma les yeux et soupira.

Des rires suivirent et s'estompèrent, uniquement parce que les portes de l'ascenseur se refermèrent derrière eux.

— C'était vraiment nécessaire ? demanda-t-il sans chercher à masquer son exaspération.

Fut-elle impressionnée par son regard noir ?

Non. Pas une seule seconde.

Avec un petit sourire en coin, elle lui rendit son regard, complètement adorable. Il lutta contre son charme en prenant un air sévère.

— Ne sois pas grognon, mon Chou.

Il n'était pas grognon. Il était patiemment stoïque. C'était très différent.

— Tu as insinué que nous allions coucher ensemble.

— Ce n'est pas le cas ?

Elle tenta une fois de plus de battre innocemment des cils.

— Non.

Ce fut à son tour de soupirer.

— Quel dommage. Mais je ne reviendrai pas sur ce que j'ai dit. J'ai une réputation à tenir. Et puis, j'ai dit à Reba et Zena que je t'aurais dans mon lit.

— Tu as quoi ?

Elle leva les yeux au ciel.

— Rooh, ne me dis pas que tu as aussi une règle contre les paris ?

— Si, quand ceux-ci me concernent.

— Mais celui-ci me concerne à moitié aussi, donc ça devrait être autorisé non ?

— Non.

— Oh, allez. C'est pas comme si j'avais parié quelque chose de mal. Juste que tu finirais dans mon lit. Avec moi.

— Prépare-toi à perdre, parce que je vais te mettre au lit et non pas t'y rejoindre.

— Tu es sûr ? Je sais que mon lit n'est pas très grand, ce n'est qu'un lit double classique, mais on pourra se blottir l'un contre l'autre.

Se blottir ? S'il finissait au lit avec elle, il ferait bien plus que se blottir. Beaucoup plus.

Alors que les portes de l'ascenseur s'ouvraient, il réalisa que, comme la porte de son appartement ne se trouvait qu'à quelques pas, il pouvait simplement la reposer par terre et la laisser retourner toute seule jusqu'à son lit.

Mais son imbécile de corps refusait toujours d'obéir.

Il vaut mieux s'assurer qu'elle rentre bien chez elle. Vu sa réputation, ça ne le surprendrait pas qu'elle reparte causer des problèmes dès qu'il lui tournerait le dos.

Avec ce genre de raisonnement, cela ne lui posa aucun souci de raffermir son étreinte sur elle en traversant le couloir jusqu'à la porte de son appartement. Il savait dans quelle suite elle résidait, elle occupait celle réservée aux invités. En tant qu'oméga du clan, il lui suffisait de poser sa main contre l'écran tactile de sécurité contre le mur pour ouvrir la porte.

Il entra, sans se soucier du décor. Il avait déjà vu cet endroit un bon nombre de fois puisque c'était lui qui était en charge d'accueillir les invités du clan. Il savait aussi parfaitement où se trouvait la chambre et il entra rapidement à l'intérieur, puis ses bras lui obéirent enfin et il la jeta sur le matelas.

Elle couina en rebondissant, les bras et les jambes écartés – ce qui, dans ce short, s'avéra être presque classé X.

Un vrai gentleman aurait détourné le regard. Mais apparemment, Leo n'était pas si attaché que ça à ses bonnes manières.

Cependant, il obtint au moins une réponse à ses questions.

Elle porte une culotte. En coton rose.

Il bava presque. Tellement sexy.

Certains mecs préféraient les sous-vêtements de type string en dentelle, mais Leo était plus excité par une femme qui cachait ses attributs avec des vêtements simples. Cette simplicité ne faisait que renforcer la beauté naturelle du corps d'une femme.

Comme si Meena avait besoin d'autres accessoires. Il la désirait déjà bien plus que ce qui était convenable.

Aide-la à gagner son pari. Rejoins-la au lit. Quelle pensée sournoise. Pire encore, il n'était pas capable de dire s'il s'agissait de son félin fourbe qui essayait de le pousser à revendiquer cette femme agaçante ou son propre esprit qui essayait de le faire céder à la tentation.

Hors de question.

Il pivota pour s'en aller, pour finalement s'arrêter net quand elle lui dit :

— Où tu vas ? Si tu comptes me mettre au lit correctement, tu ferais mieux de me déshabiller non ?

Dix. Neuf. Huit. Il ne se calma pas avant d'atteindre le zéro. À vrai dire, il n'était toujours pas calme, mais se retourna quand même, contre son gré, incapable de contrôler son corps.

Elle était allongée, toujours étendue sur le dos, les bras derrière la tête. Avec sa position sa chemise s'était relevée, ce qui rendait sa peau nue visible entre l'ourlet de son haut et son short. Quant à son short, bon sang il avait l'air terriblement moulant et inconfortable. Il fallait vraiment qu'elle l'enlève – avec son soutien-gorge, lui aussi probablement très serré.

Je parie que ces seins auraient bien besoin d'un massage après avoir été coincés toute la journée.

Il mit ses mains derrière le dos.

— Je ne te déshabillerai pas, tu peux très bien faire ça toute seule.

Pendant qu'on regarde. Son félin approuva ce plan, même s'il savait que ce n'était pas vraiment l'intention de Leo.

Elle, évidemment, crut que si.

— Un petit voyeur. Comme c'est sexy ! Prépare-toi à être épaté par mes mouvements ultras sensuels.

Il fut effectivement épaté et lutta également pour ne pas rire – ni lui bondir dessus.

Il se mit à rire parce que ce petit short en jean semblait déterminé à rester en place.

— C'est à cause de ce foutu steak gigantesque et de ce cheese-cake mortel en dessert, grogna-t-elle alors qu'elle se tortillait dans tous les sens et se débattait avec ses fesses.

— Quand est-ce que tu as mangé tout ça ? demanda-t-il.

Car elle n'avait pris que quelques bouchées de son repas, pas plus.

— Avant que tu n'arrives au restaurant. C'est pour ça que je t'ai laissé ton repas, je n'avais pas vraiment faim. Mais maintenant si.

Son clin d'œil se transforma en strabisme lorsqu'elle se mit à tirer la langue, cambrant le dos et tirant sur son short en jean qui ressemblait désormais à une boule de tissu, coincé au niveau de ses hanches.

— Tu as besoin d'aide ? demanda-t-il.

Pas parce qu'il avait vraiment envie de la toucher – en fait si, totalement – mais parce qu'il n'en pouvait plus de la regarder onduler des hanches. Ça lui donnait envie de la plaquer contre le lit et de la voir effectuer des mouvements érotiques avec le bas de son corps.

— C'est pas trop tôt, dit-elle en s'immobilisant finalement et en lui souriant sans retenue, l'invitant à la rejoindre.

Se penchant en avant, il ne perdit pas de temps et attrapa simplement le tissu qui enserrait chaque hanche et tira.

Adieu. Le tissu se déchira et la libéra de sa prison. Cependant, une fois enlevé, il la révéla toute entière.

Qu'avait-il dit sur les culottes simples qui mettaient en valeur ? C'était encore plus vrai aujourd'hui.

Le coton rose moulait le bas de son bassin et ne pouvait pas dissimuler la moiteur qui imprégnait la fine couche de tissu qui couvrait son sexe. Certes, le sous-vêtement le cachait peut-être, mais il ne pouvait pas contenir le musc de son excitation.

Elle me désire.

Je la désire.

Il faut que je l'aie.

Que je la prenne.

Que je la revendique.

Au secours !

Leo succomba à un sentiment qu'il n'avait pas ressenti depuis des années : la panique !

— Je pense que tu peux te débrouiller toute seule maintenant.

Toute seule. Sans lui. Plus de contact. On ne joue plus au gars qui l'aide à se déshabiller.

— Et pour mon soutien-gorge ? dit-elle en prenant ses seins lourds dans sa main et en lui jetant un regard sensuel et suppliant.

Libère ses beautés !

Il fit un pas en avant. Puis s'arrêta.

Il faut que tu t'échappes. Il ne marcha pas, il courut !

Il s'enfuit comme si un troupeau d'éléphants lui courait

après, prêt à l'écrabouiller. Et avant que vous ne rigoliez, sachez que les troupeaux d'éléphants n'ont rien de drôle. Il savait très bien de quoi il parlait. Il avait survécu de justesse à l'une de leurs courses folles.

Tout comme il s'échappa de justesse de cet appartement, indemne.

Je n'aurais jamais dû venir ici. J'aurais dû la raccompagner jusqu'à la porte et partir.

Il le savait, et pourtant, il n'avait pas pu s'en empêcher.

Il ne pouvait pas s'empêcher de la désirer.

Cela suffisait à faire grimper sa température – à cause de l'excitation.

En entrant chez lui, il se rendit immédiatement à la salle de bains et alluma la douche. De l'eau froide seulement. Il aurait pu mentir et dire qu'il économisait de l'énergie en s'abstenant d'utiliser l'eau chaude, mais en vérité, il cherchait surtout à apaiser cette chaleur brûlante en lui.

Le froid glacial de la douche l'aida à calmer une partie de son érection, mais il n'arrivait pas à effacer Meena de son esprit.

Elle était là, involontairement, mais quand même la bienvenue. Il saisit sa bite ; son épaisseur témoignait de l'effet qu'elle lui faisait. Il enroula ses doigts autour, ferma les yeux et laissa le fantasme prendre le relais.

Peut-être qu'en le laissant se réaliser, il aurait moins d'emprise sur lui.

Alors il imagina qu'elle était à genoux devant lui. Nue et glorieuse. Ses cheveux dorés tombant sur ses épaules et caressant le haut de ses seins magnifiques. À quoi ressemblaient ses tétons ? Il était parti sans le découvrir, mais il imaginait qu'ils étaient larges, délicieux, tout comme elle.

Et qu'elle serait une amante très enthousiaste. À genoux, elle le saisirait fermement. Oh oui. Une main douce, caressant sa bite d'avant en arrière, frottant la peau de velours, procurant une sorte de friction. Sa langue toucherait le bout de son sexe pour finalement s'enrouler autour de son membre.

Il gémit.

Une succion exercée par sa bouche chaude, une bouche qui le sucerait et l'envelopperait dans une chaleur humide.

Il soupira.

Tout en le suçant, sa main travaillerait, d'avant en arrière, encore et encore, de plus en plus vite. Il balança ses hanches en avant, poussa sa bite plus profondément. Quels genres de bruits ferait-elle ? Des gémissements d'approbation. Peut-être qu'elle lui mordillerait légèrement la chair, assez fort pour le faire tressaillir.

« *Prends-moi Leo. Prends-moi tout de suite* » supplierait-elle doucement.

La ferait-il pencher en avant pour la revendiquer ou bien finirait-il dans sa bouche ? Elle comprendrait son dilemme et lui murmurerait : « *Jouis pour moi. Laisse-moi te goûter.* »

Bordel de merde.

Il jouit. De chaudes giclées de crème se déversèrent dans le siphon. Enfin, le soulagement.

Peut-être que désormais il parviendrait à résister à son charme étrange. Cela faisait clairement trop longtemps qu'il ne s'était pas soulagé. Un homme a besoin de jouir régulièrement s'il veut pouvoir contrôler ses pulsions primaires.

Pas étonnant qu'il ait presque succombé à cette femme énervante. Il était simplement en manque.

Et pourtant, si c'était effectivement le cas, pourquoi en l'imaginant faire un clin d'œil et murmurer : « *On peut recommencer ?* » sa bite fatiguée se levait-elle ?

Je ne peux pas bander à nouveau. Pas aussi vite.

Et pourtant si, et plus il essayait de ne pas penser à elle, plus il n'arrivait pas à oublier le goût qu'elle avait laissé sur ses lèvres, la sensation de ses dents qui mordillaient la peau de son cou.

Argh ! Sa masturbation passagère n'avait pas fonctionné. Qu'est-ce qui n'allait pas chez lui ?

Comme son corps semblait déterminé à retrouver son état fébrile, il se força à rester sous le jet d'eau glacée, la tête baissée, respirant calmement et se concentrant sur des choses banales. Le pique-nique du clan à la ferme qui allait bientôt avoir lieu. La nouvelle petite-fille qui était née au sein du clan dont les cheveux roux surprenants leur avaient tous fait se demander quel autre atavisme elle aurait une fois qu'elle aurait atteint l'adolescence.

Quand il sentit qu'il avait enfin repris le contrôle de lui-même, il sortit de la douche et enroula une serviette autour de sa taille. Étant donné le manque de chaleur durant sa petite douche polaire, aucune buée n'était venue obscurcir son miroir et c'est pourquoi une tache de couleur attira soudain son attention. Il se retourna et l'observa de plus près.

— Putain j'y crois pas ! Elle m'a marqué.

Effectivement, un joli suçon violet se détachait en contraste sur son cou.

Elle nous a marqués !

Cela l'agaça – et lui plut. Mais ça n'allait surtout pas durer. Il cicatrisait très rapidement.

Il appuya sur la marque du bout des doigts, revivant un instant ce qui l'avait provoquée. La douce caresse de ses lèvres, la chaleur sensuelle de son souffle, cette excitation incroyable et ce besoin de goûter sa peau.

Il soupira.

Allez, hop ! Il retourna prendre une douche froide.

---

1. Référence à une chanson américaine pour enfant « Sitting in a Tree (K-I-S-S-I-NG) »

CHAPITRE QUATRE

Des cils noirs contre sa joue. Des lèvres charnues, douces et accueillantes. Des cheveux bruns, ébouriffés au lieu d'être parfaitement brossés.

Aucune ride soucieuse ne venant entacher son visage. Elle appréciait le spectacle tant qu'elle le pouvait. Il y avait des chances pour que cela ne dure pas longtemps. Surtout parce qu'elle était sur le point de le réveiller.

— Debout, debout, mon Chou.

Pour sa défense, Leo ne cria pas, pas comme Hayder la dernière fois que Meena l'avait réveillé en lui montant dessus, le fixant du regard. À l'époque, elle n'avait que douze ans, elle était bien plus petite et, ah oui, elle portait un masque de croque-mitaine. Mais bon quand même, le glapissement qu'il avait laissé s'échapper ne ressemblait pas du tout à celui d'un lion. Parfois, elle aimait appeler sa boîte vocale et faire jouer le clip sonore en question, pour rire.

Leo n'émit qu'un grognement lorsqu'il ouvrit un œil et remarqua qu'elle chevauchait son énorme torse.

Contrairement à son frère, Barry, il ne la poussa pas. Contrairement à son père, il ne lui demanda pas d'aller plutôt embêter sa mère. Et contrairement à son dernier petit-ami il n'eut pas le souffle coupé et ne demanda pas que l'on appelle une ambulance. Son ex s'était avéré être une sacrée mauviette, refusant de faire l'amour un matin à cause de quelques côtes fêlées, pff.

Leo ne fit rien de tout ça. Il ferma les yeux et se rendormit.

Hum. Peut-être n'avait-il pas remarqué qu'elle se tenait juste là ?

Elle se tortilla. Difficile d'ignorer le fait qu'elle était en train de l'écraser, non ?

Il ne bougea pas d'un pouce.

Elle se baissa jusqu'à ce que son visage ne se tienne plus qu'à un centimètre du sien. Il n'ouvrit pas les yeux, mais lui demanda, sur un ton qu'elle connaissait bien – exaspéré et à la fois résigné :

— Comment es-tu entrée ici ?

— Par la porte, évidemment.

— Elle était fermée.

— Je sais. Heureusement que j'avais la clé.

— Mais comment ça tu as eu une clé ? La porte s'ouvre avec un écran tactile et une empreinte digitale. Personne n'a de clé.

— Est-ce vraiment important de savoir comment ? Étant ta compagne, j'avais besoin de pouvoir entrer chez nous.

— Ce n'est pas chez nous, c'est mon appartement.

— Oui, ça se voit, dit-elle en plissant le nez. Cet endroit est comme une salle d'expo immaculée et ennuyeuse. Ne t'inquiète pas. J'ai pour projet de refaire la déco.

— J'aime ma déco telle quelle.

— Oui, je n'en doute pas, mais comme nous allons devoir tout partager en tant que couple...

— Nous ne sommes pas en couple, grogna-t-il d'une voix sexy qui lui plut beaucoup.

— Pas encore, dit-elle avec une absolue conviction.

Meena croyait beaucoup au destin.

— Jamais.

Il semblait si convaincu. Comme c'était mignon.

— Je t'ai déjà dit à quel point j'adorais les défis ?

— Ce n'est pas un jeu.

— Tu as raison. Quand on fait la cour il n'y a pas de perdants, que des gagnants.

Il soupira. Encore un son qui ne lui était que trop familier.

— Qu'est-ce que tu veux ?

N'était-ce pas évident ?

— Toi.

— À part moi.

— La paix dans le monde.

Il ricana.

— Ça ne risque pas d'arriver.

— Des chaussures que je peux acheter en magasin au lieu de devoir le faire en ligne.

Chausser du 43 quand on était une femme n'était pas toujours évident.

— Marche pieds nus, ça vaudra mieux pour toi. Quoi d'autre ?

— Du sexe torride.

Il ouvrit grand les yeux. Puis il se mit à la regarder et elle sourit, notamment quand une certaine partie de son anatomie passa de semi-dressée à membre en acier, un membre long et épais. Comme c'était agréable de découvrir qu'il était bien proportionné.

— Nous ne coucherons pas ensemble.

— Tu es sûr de ça ? dit-elle en se tortillant sur lui.

La sensation agréable de la friction lui procura des frissons dans tout le corps.

— Complètement.

— Si tu n'es pas d'humeur, alors c'est quoi ça ?

Elle se frotta légèrement contre la preuve de son excitation.

Ses yeux prirent une teinte bleu foncé, un signe de la passion qui l'habitait. Un signe qu'il était sur le point de craquer. Un signe que...

— Ça, Pen, ça s'appelle une envie de faire pipi. C'est une réaction corporelle masculine naturelle qui se produit au réveil.

Mais sa réponse ne la découragea pas d'un iota. Elle trouvait ça mignon qu'il lui mente et joue au dur, inatteignable. En même temps, personne n'avait envie de se mettre en couple avec un queutard.

Cependant, elle ne le laisserait pas s'en tirer comme ça. Elle se frotta à nouveau contre lui, ce qu'elle apprécia d'ailleurs beaucoup.

— Dommage. J'aime beaucoup faire l'amour le matin. Ça m'aide à démarrer la journée.

Même s'il n'émit pas un bruit, elle remarqua un tout petit tic très léger au coin de son œil gauche, et même lui ne pouvait pas cacher cette tension qui habitait son corps.

Ayant fini de le torturer pour le moment – même si cela s'était avéré très plaisant – elle s'écarta de son corps délicieux et roula sur le lit.

— Vas-y. Va faire pipi. Je t'attends, annonça-t-elle en voyant qu'il ne se mettait pas en mouvement.

— Je ne peux pas.

— Pourquoi ? T'es du genre à être bloqué si tu crois que quelqu'un t'entend faire pipi ?

— Non. Mais disons que je n'ai pas la tenue adéquate pour recevoir quelqu'un. Alors si ça ne te dérange pas...

— Si ça ne me dérange pas quoi ? Que je jette un coup d'œil à la marchandise ? dit-elle en souriant et en plaçant ses mains derrière la tête. Vas-y, montre-le-moi, mon Chou. J'ai hâte de voir ça.

Tiens donc, regardez-moi ça. Son tic devint plus prononcé.

— Je ne vais pas me pavaner nu devant toi. Ce ne serait pas correct.

— On dirait ma mère. Habille-toi. Mets un maillot quand tu nages. Ne montre pas tes seins pour avoir des perles[1]. On n'est pas à la Nouvelle-Orléans ici.

Elle entendit encore un autre soupir.

— Je commence à comprendre pourquoi tu as été bannie et interdite de visites.

— Hé, ce n'était pas de ma faute si les souris sont sorties ! Elles étaient censées être une surprise. Comment pouvais-je savoir qu'elles iraient trafiquer dans les câbles ?

— Et je peux savoir pourquoi tu avais des souris ?
— Pour jouer à un jeu évidemment.
— Quel genre de jeu implique des rongeurs vivants ?

Elle leva les yeux au ciel.

— Ben, pff ! Attrap' Souris[2] évidemment.

— Évidemment, répondit-il sans pouvoir empêcher le tressautement de ses lèvres. Cette conversation est très intéressante mais je vais aller dans la salle de bains. J'aimerais que tu sois partie quand je reviens.

— Sinon quoi ?

— Comment ça sinon quoi ? Je viens de te donner un ordre et en tant qu'invitée du clan tu dois m'obéir.

— Bien sûr, mon Chou.

— Et arrête de m'appeler mon Chou.

— Tu préfères que je t'appelle mon Lapin ?

— Non !

Elle aurait pu éclater de rire devant son air angoissé s'il n'avait pas choisi ce moment pour repousser la couverture, révélant alors beaucoup de chair. Une chair musclée, légèrement bronzée et délicieuse.

J'ai envie de le mordiller.

Alors que son chat avait envie de croquer un morceau, Meena, elle, avait envie de lui bondir dessus. D'autant plus que cet homme effronté, pourtant timide au départ, prit son temps pour se rendre à la salle de bains.

Ouaip. Il roula hors du lit, lui présentant son cul – qui avait sérieusement besoin qu'on y laisse la trace de ses dents, les siennes en l'occurrence – puis se déplaça avec une grâce sensuelle qui la fit soupirer.

Oh, quel bel homme.

Le mien. Cette pensée possessive la prit un peu par surprise. D'habitude, Meena partageait toujours tout avec tout le monde.

Jusqu'à maintenant. Désormais, l'idée qu'une autre femme puisse reluquer son homme contrarierait un tout petit peu Meena – cela la contrarierait dans le sens je-vais-lui-arracher-les-yeux-si-elle-regarde-trop-longtemps. Au moins, maintenant elle comprenait pourquoi sa grand-mère avait passé un an en prison. Certaines choses valaient la peine de passer un peu de temps derrière les barreaux.

— Fais bien pipi ! cria-t-elle. Et ne t'inquiète pas si je t'entends. C'est une bonne chose d'avoir une vessie en bonne santé. Ça veut dire qu'on n'aura pas besoin d'économiser pour des couches.

La porte de la salle de bains se ferma et la ventilation se mit en marche – ce qui la fit rire. Malgré le fait qu'il lui ait ordonné de partir, elle ne bougea pas d'un pouce. Elle se laissa retomber sur le lit, les bras écartés, un grand lit confortable.

Elle s'y sentait chez elle et elle aimait beaucoup l'odeur de Leo, un arôme masculin qu'elle inhalait à chaque inspiration.

Même si Leo luttait encore contre son attirance pour elle, il finirait par changer d'avis. Elle s'en assurerait.

Confortablement installée et un peu fatiguée – ce fichu mec l'avait laissée pleine de désir la nuit précédente et elle avait donc manqué de sommeil – elle décida de faire une sieste pour se réveiller un peu plus tard lorsqu'il grogna :

— Tu es encore là ?

Elle s'étira en ouvrant les yeux et malgré son air grognon, elle remarqua qu'il observait ses moindres faits et gestes.

Mais il n'était pas le seul à la scruter. Elle le regarda et vit qu'il était tout propre, sortant de la douche, qu'il s'était rasé et qu'il portait malheureusement un pantalon kaki et un tee-shirt. Quel dommage. Elle aurait bien aimé voir un peu plus du devant afin de s'assurer qu'il était aussi splendide que derrière.

— Tu es très appétissant, mon Chou.

— Ne change pas de sujet. Je croyais t'avoir dit de partir.

Elle lui répondit de façon honnête.

— Oui, c'est vrai mais je me suis dit que tu ne le pensais pas vraiment alors je suis restée. Et puis, je n'ai pas envie de partir.

Non. Elle ne bougerait pas d'ici.

Mais par ici, elle voulait dire sur son lit et non pas sur le sol où il la jeta soudain !

---

1. Coutume pour Mardi Gras à la Nouvelle Orléans
2. Jeu de société pour enfants

CHAPITRE CINQ

Bon, peut-être que soulever le matelas pour envoyer valser Meena sur le sol n'était la décision la plus calme qu'il ait prise, ni la plus gentille, mais bon sang, il fallait bien que Leo fasse quelque chose !

C'était déjà assez pénible comme ça quand il s'était réveillé et qu'elle le chevauchait. Elle sentait si bon. Elle avait l'air si délicieuse. Elle lui donnait envie de la faire rouler sur le dos et de lui donner cette séance de sexe matinal qu'ils désiraient tous les deux beaucoup.

Cette fichue fille avait raison sur un point. Il avait envie d'elle. Il la désirait plus que tout.

Il avait menti quand il lui avait dit qu'il avait envie de faire pipi. Il semblait qu'il lui avait d'ailleurs menti sur beaucoup de choses depuis qu'il l'avait rencontrée. Le plus gros mensonge était celui où il se disait qu'il ne voulait pas d'elle.

Je la veux. Je la veux beaucoup trop putain.

Voilà pourquoi il l'avait jetée du lit. C'était ça où il bondissait sur la délicieuse Meena et embrassait ses lèvres de pipelette, enfonçait son érection entre ses cuisses rondes et parfaites et se perdait dans cette splendeur qu'elle lui promettait.

C'était de la folie.

Il fallait qu'il se concentre et pour cela, il devait se débarrasser de la tentation. Malgré son envie de lui donner un coup de main pour l'aider à se relever, il se retourna – ignorant cette voix dans sa tête qui lui hurlait : « Mais où sont passées tes bonnes manières ? » – et au lieu de ça, se rendit dans la cuisine. Là où il se ferait son café du matin dont il avait bien besoin. Mais était-ce vraiment le choix le plus judicieux ? Peut-être valait-il mieux qu'il n'alimente pas sa nervosité de caféine, notamment quand il était près d'elle.

Cependant, il n'atteignit pas tout à fait sa destination. Une silhouette le tacla par-derrière et cria :

— Je t'ai eu !

Pris par surprise, il tituba, mais reprit vite son équilibre, même lorsque Meena enroula ses jambes autour de lui et ses bras autour de ses épaules.

— Bon sang, mais qu'est-ce que tu fais, Pen ?

— Pen ? C'est le surnom que tu me donnes ?

— Oui, parce que tu es *pénible* et que tu sembles vouloir m'agacer à mort.

N'importe quelle autre femme aurait probablement été offensée. L'aurait peut-être même frappé. Mais celle qui s'accrochait à son dos avec la force d'un anaconda ?

— J'aime bien, c'est mignon. Alors quand est-ce que tu vas te le faire tatouer avec un cœur sur le bras ?

Mais comment diable fonctionnait son cerveau ?

— Je n'aime pas les tatouages.

— Je ne t'en veux pas. Il faut dire que ton corps est déjà une œuvre d'art en lui-même. Et si c'était moi qui m'en faisais un plutôt ? Pile sur ma fesse gauche, quelque chose comme une marque de fabrique. Propriété de Leo. Ou pourquoi pas « Aux délices de mon Chou » ?

Oui et oui.

— Non ! Pas de tatouages. Aucun.

— Pff, rabat-joie.

Il ne répondit pas et continua d'avancer vers la cuisine, avec une lionne déterminée sur le dos.

— Alors, qu'est-ce qu'il y a pour le petit-déjeuner ? demanda-t-elle.

Elle, sur le comptoir, avec du sirop sur ses seins gonflés qu'il sentait se presser contre son dos.

— Si je te dis « rien », tu t'en iras ?

— Non. Mais si tu ne nous apportes pas de nourriture, je vais devoir cuisiner et crois-moi, il ne vaut mieux pas, vraiment pas même, que je le fasse, confia-t-elle à voix basse. La dernière fois que les pompiers sont venus à la maison, ils ont dit que la seule chose que j'avais le droit de cuisiner à partir de maintenant c'était des céréales avec du lait.

Rien n'aurait pu arrêter son fou rire.

— Eh bien je suppose que tu ferais mieux de partir si tu t'attends à manger quoi que ce soit, rétorqua-t-il.

— Je suis sûre que je pourrais toujours trouver quelque chose d'autre à manger.

Elle ronronna presque ces mots dans son oreille.

Non, ce petit « Hii » strident ne venait pas de lui quand même, si ?

Il ne lui fallut qu'une seconde pour enfiler ses chaussures, prendre son portefeuille et attraper les chaussures de la pénible Meena près de la porte avant qu'ils ne se retrouvent tous les deux dans l'ascenseur. Elle glissa de son dos, mais vu sa taille, elle pouvait encore lui murmurer sensuellement dans l'oreille :

— Tu sais bien que plus tu vas résister, plus ce sera explosif. Les préliminaires, mon Chou. Toute cette histoire de déni, c'est comme une longue session de préliminaires. Et quand tu ne pourras plus dire non, fais attention. Je vais te faire voir des étincelles.

Des étincelles. Des feux d'artifice. Ou plutôt l'intérieur d'une cellule de prison oui, car s'il ne faisait pas attention, il allait finir par la prendre en public et se faire arrêter pour indécence.

Mais son ardeur se refroidit un peu quand ils entrèrent dans le hall. Difficile de rester en érection quand une demi-douzaine d'yeux le fixaient du regard, lui et Meena.

Les regards suspicieux étaient rivés sur eux. S'il avait été un jeune novice, il aurait probablement rougi, car elles se faisaient toutes de fausses idées. S'il avait été Hayder, il se serait pavané en feignant une certaine prouesse. Leo opta plutôt pour un air renfrogné et un désintérêt placide. Il n'aimait pas les rumeurs, surtout celles qui le concernaient.

Meena, elle, n'avait absolument pas honte. Avec un grand sourire, elle se pavana devant le groupe.

— Salut les filles ! C'est une belle journée, n'est-ce pas ?

Elle ne dit rien de fâcheux. Elle n'eut pas besoin de le faire. Le sous-entendu était flagrant – bien que faux.

Comme elle semblait distraite, il en profita pour s'échapper. Et échoua.

À peine eut-il atteint le trottoir, qu'elle sautilla à ses côtés.

— Alors, où est-ce que tu m'emmènes prendre le petit-déjeuner ?

— Nulle part. Je vais dans un café prendre une pâtisserie.

Une demi-douzaine de pâtisseries avec trois wraps et un grand smoothie à la banane.

— Oh, c'est ceux avec le glaçage ? Je pourrais lécher le tien ? demanda-t-elle en battant innocemment des cils.

Mais la détermination dans ses yeux n'avait rien d'innocent.

Il ne répondit pas. Ça ne servait à rien. Cette sale morveuse savait déjà l'effet qu'elle avait sur lui.

Juste avant qu'ils n'arrivent au café, le téléphone de Meena se mit à sonner. En regardant l'écran, elle fronça les sourcils.

Tiens, enfin quelque chose qui lui faisait perdre le sourire ? Il se demanda quelle en était la raison – pour pouvoir l'éradiquer. Il n'aimait pas quand elle ne souriait pas.

Waouh. D'où sortait cette pensée ? Ce qui semblait la perturber n'avait rien à voir avec lui. *Je m'en fiche. Ce ne sont pas mes affaires.* Son chat curieux pouvait garder ses suppositions pour lui.

La laissant sur le trottoir, il entra dans le café. Après avoir commandé la même chose que d'habitude, plus quelques extras – car elle était bien du genre à vouloir piquer une bouchée – il se tourna et s'adossa contre un poteau. S'il avait voulu mentir, il aurait justifié son geste en expliquant que c'était pour que le personnel ne soit pas nerveux à cause de lui. Car tout le monde n'était pas capable de supporter qu'un type de sa carrure garde un œil sur eux. Sauf que les gens qui travaillaient ici le connaissaient et n'étaient absolument pas intimidés. Alors pourquoi s'était-il mis face à la fenêtre pour observer ? Parce qu'une certaine lionne se tenait toujours dehors et qu'une partie de lui ne pouvait s'empêcher de garder un œil sur elle tout en se demandant quelle autre bêtise elle préparait.

À travers la grande baie vitrée du café, il la vit faire les cent pas sur le trottoir, le visage très animé alors qu'elle parlait, tenant d'une main son téléphone contre son oreille tandis que l'autre gesticulait et s'agitait.

Quel dilemme cette femme ! Elle était déterminée à le rendre fou – de désir. Elle semblait avoir pour mission de semer la pagaille dans ses sentiments – avec sa personnalité excentrique. Prête à changer son avenir – avec détermination.

Et elle était également en train de se faire accoster !

Grrr !

CHAPITRE SIX

— Monte dans la voiture.
En entendant cet accent russe immanquable, Meena leva les yeux au ciel.

— Il faut que j'y aille, Teena.

Raccrochant alors qu'elle était au téléphone avec sa sœur, Meena se retourna et observa la longue berline noire, une Lincoln Town évidemment, Dmitri aimait voyager avec style.

— Je ne monterai pas, Dmitri.

La vitre teintée n'était pas assez descendue pour qu'elle puisse voir sa belle gueule, mais elle pouvait très bien l'imaginer : brun, les yeux bleu foncé et plus arrogant que jamais.

N'aurait-elle pas dû se douter que la raison qui l'avait poussée à quitter sa maison finirait par venir se pointer ?

— Comment m'as-tu retrouvée ?

— Je suis un homme plein de ressources, comme tu dois le savoir.

Ouais, elle savait, c'est pourquoi, quand elle l'avait

quitté, elle avait sauté dans le premier avion pour quitter la Russie. Une fois chez elle, elle s'était doutée qu'elle recevrait sûrement quelques appels, et qu'il lui demanderait de revenir. Mais ce à quoi elle ne s'attendait pas, c'était qu'il la suive.

Dmitri était également très vieux jeu, apparemment, il ne comprenait pas que non c'était non. En tout cas, pas de la part d'une femme. Et même si cela pouvait sembler ironique que pour elle, quand Leo disait non, c'était parce qu'il jouait les difficiles, contrairement à elle, dont les : « non » étaient catégoriques, n'oublions pas que Leo était son âme sœur. Alors que Dmitri lui, n'était qu'un flirt de vacances avec qui elle n'avait encore jamais partagé son lit.

Complètement différent.

Avec Leo, elle voyait des étincelles. Elle avait des papillons dans le ventre. Avec Dmitri, ben... mouais, il était mignon, mais il ne faisait pas battre son cœur comme un certain ligre.

— Il faut que tu me laisses partir et ailles de l'avant, Dmitri. Je ne vais pas t'épouser.

— Je t'aurai.

Quelle certitude. Et pour prouver ce qu'il venait de dire, il avait apporté quelques muscles avec lui. Une paire de brutes sortit de la voiture.

— Ne lui faites pas de mal, ordonna Dmitri.

Ce à quoi elle répondu :

— Pff.

Pitié. S'il comptait vraiment la maîtriser, il aurait dû amener plus de monde. Quand le gorille – et elle était sérieuse, malgré son humanité évidente, elle se posait quelques questions sur ses ancêtres – tendit la main pour l'attraper par le bras, elle l'esquiva et il ne saisit que de l'air. Elle, en revanche, ne rata pas son coup.

Elle leva le pied et fit craquer le genou du gorille numéro un. Il laissa échapper un glapissement de douleur, mais avant qu'elle ne puisse totalement le neutraliser, le deuxième type plongea vers elle. Elle baissa la tête sous sa main et le poussa, cognant son diaphragme du poing. Il en eut le souffle coupé. Elle ne fit preuve d'aucune pitié et le frappa dans les testicules, juste au moment où gorille numéro un se mit à nouveau en mouvement.

Soudain, la porte du café s'ouvrit dans un tintement de clochettes, et un Leo à la voix très calme dit :

— Si tu touches à un seul de ses cheveux, je t'arrache le bras et te frappe avec.

En matière de menace, celle-ci était probablement la plus adorable. Notamment parce que, vu sa taille et l'expression de son visage, Leo était tout à fait capable de la mettre en pratique.

Mais l'imbécile ne l'écouta pas. Le voyou s'avança pour attraper le bras de Meena et, curieuse, elle le laissa faire au lieu de lui briser les doigts.

Pourquoi se donner cette peine si son Chou pouvait voler à son secours ?

Même si en apparence il semblait calme et posé, une tempête se préparait dans ses yeux lorsque Leo grogna :

— J'ai dit ne la touche pas.

Crack ! Ouaip, ce type ne pourrait plus toucher quoi que ce soit avec son bras pendant un moment et il risquait même de s'enrouer à force de hurler comme ça.

Mauviette.

Au loin, des sirènes se firent entendre et les voyous n'eurent pas besoin d'entendre Dmitri aboyer : « Montez dans la voiture bande d'imbéciles ! » pour réaliser que leur tentative d'enlèvement forcé avait échoué.

Meena ne prit même pas la peine de regarder la voiture partir en trombe, car elle avait quelque chose de bien plus important à faire. Comme retrouver cet homme qui pensait qu'elle avait besoin d'être sauvée. Comme son père allait rire quand il allait l'apprendre ! Sa sœur, Teena allait soupirer et trouver ça très romantique. Sa mère, en revanche, allait encore réprimander Meena pour avoir semé le chaos, une fois de plus.

Se tournant vers Leo, qui affichait un magnifique regard noir, elle se jeta sur lui. Apparemment, il s'y attendait à moitié, car ses bras s'ouvrirent en grand et il la rattrapa – sans même tituber !

Elle enroula ses jambes autour de sa taille et ses bras autour de son cou et s'exclama :

— Mon Chou tu as été génial ! Tu m'as sauvée de ces sales types. Tu es venu à ma rescousse comme un chevalier en Armour [1].

Ce qui n'était pas totalement vrai. Il portait un tee-shirt noir de la marque Fruit of the Loom. Mais elle pouvait totalement l'imaginer dans un de ces tee-shirts près du corps dont Under Armour était les spécialistes et qui mettrait en avant son torse parfait.

En y réfléchissant, étant donné que cela moulerait sa musculature impressionnante, peut-être valait-il mieux laisser sa garde-robe tranquille ? Cela ne servait à rien de venir narguer le public féminin avec ce qu'il ne pourrait jamais avoir. Cela voulait aussi dire moins de sang à laver sur sa peau si celles-ci osaient le toucher.

— Je ne peux pas vraiment dire que je t'ai sauvée. Tu semblais plutôt bien te débrouiller toute seule.

Elle planta un gros smack sur ses lèvres et déclara :

— Tu es mon héros !

La plupart des hommes auraient gonflé la poitrine de fierté s'ils avaient été comparés à un héros – ou se seraient écroulées au sol, écrasés par son poids. Mais Leo se tint simplement là, fronçant les sourcils dans sa direction puis vers la voiture qui venait de s'enfuir.

— Qui étaient ces types ?
— Oh, c'étaient les gars de Dmitri.
— Et qui est Dmitri ?
— Le gars que j'étais censée épouser.

---

1. Référence à la marque de prêt à porter Under Armour

CHAPITRE SEPT

Leo s'attendait à tout, sauf à ça.
Un proxénète à la recherche de filles vulnérables, cela arrivait plus souvent qu'on ne le pensait.

Un vendeur d'organes à la recherche d'organes sains aurait aussi pu être possible, d'autant plus qu'il en avait déjà croisé un par le passé – jusqu'à ce qu'il y mette fin. Ironiquement, le vendeur en question avait pu sauver cinq vies grâce à ses propres organes sains. Heureusement que ce dernier avait signé sa carte de donneur.

Même un recruteur pour des combats de métamorphes clandestins aurait été plus sensé que la réponse de Meena.

— C'est ton fiancé ?! s'exclama-t-il.

Rien que le mot « fiancé » le crispa, fit grogner son ligre et grimper sa température.

— Pas tout à fait.

La tension creusa son front alors qu'il anticipait déjà une explication alambiquée de sa part.

— C'est ton fiancé ou pas ?

— On ne peut pas manger d'abord ? Je suis *affamée*, ronronna-t-elle en fixant ses lèvres.

Cela lui donna envie de rugir. Mais à la place, posant une main sur son joli fessier, il ouvrit la porte du café et se dirigea jusqu'au comptoir où Joe leva un sourcil, mais ne dit pas un mot. En tant que métamorphe, Joe savait très bien, évidemment, qu'il valait mieux ne pas s'en mêler. Chaque membre de son personnel était également un métamorphe, ce qui était fait exprès étant donné leur proximité avec la résidence où logeaient de nombreux membres du clan.

En tant qu'ours, Joe avait tendance à être assez secret. Il dirigeait le café avec sa famille qui était composée de trois filles, toutes mariées, et sa femme. Il n'était pas seulement leur boulanger local et celui qui tenait le café : il savait également être discret, mais Leo préféra quand même lui demander :

— Quelqu'un a-t-il appelé les flics ?

En d'autres mots, Meena et lui devaient-ils s'éclipser avant que la police ne débarque pour leur poser des questions ?

Joe secoua la tête juste au moment où une voiture de police, avec ses sirènes hurlantes, passait dans la rue, en route pour s'occuper d'un autre crime.

— Voilà ta commande, Leo, annonça Rosalie en posant le grand sac de pâtisseries sur le comptoir avec deux smoothies jaunes et crémeux.

— Ça sent tellement bon, murmura Meena contre son oreille.

Elle en profita pour le mordiller avant de se frotter

contre lui, et par frotter il voulait dire qu'il sentit chaque centimètre de sa silhouette ronde le frôler.

Joe pencha la tête vers elle, demandant silencieusement : « *C'est qui* » ?

— Joe et Rosalie, je vous présente Pen, aussi connue sous le nom de Meena. Elle est venue rendre visite au clan pour quelque temps.

La pénible Meena laissa échapper un rire en se collant à lui, enroulant son bras autour de sa taille.

— Je fais bien plus que visiter. Chou et moi allons nous mettre en couple. Donc vous allez me voir souvent.

Et hop, encore ce tic ! Il entendit Joe ricaner. Il vit le grand sourire de Rosalie. Il sentit le piège se rapprocher, prêt à se refermer.

Mais il ne prit pas la fuite. Il ne pouvait pas. Elle ne voulait pas le lâcher, même lorsqu'il lui fit signe pour qu'elle prenne son smoothie.

Avant qu'elle ne le fasse, elle jeta un coup d'œil dans le sac de pâtisseries.

— Oooh ! Ah ! Miam ! Est-ce qu'on mange ça sur place ou on le ramène à la maison, mon Chou ?

Par « à la maison », il supposa qu'elle voulait dire chez lui, là où ils auraient un peu d'intimité et où se trouvait un lit. Comme le type de nourriture qui lui venait en tête avec ce raisonnement n'avait rien à voir avec de la vraie nourriture, il choisit de s'asseoir à la table la plus proche de la porte.

Il posa le sac de pâtisseries et son smoothie sur la table avant de s'enfoncer dans un fauteuil qui grinçait de façon alarmante.

Assise en face de lui, Meena pinça les lèvres et aspira

sa boisson par une paille, le creux de ses joues était assez distrayant, mais pas assez pour lui faire oublier ce qui venait juste de se passer.

Un fiancé ? Il n'y avait pas que son chat curieux qui voulait des réponses. L'homme aussi voulait savoir ce qui se tramait, bon sang.

Mais il lui fallut deux pâtisseries et un wrap – avec des œufs brouillés, du bacon, des poivrons verts et du cheddar – avant qu'elle ne daigne répondre à ses questions.

Alors qu'elle se léchait les lèvres – le bout de sa langue rose était une tentation alléchante – il démarra son interrogatoire.

— Qui étaient ces types exactement et pourquoi te forçaient-ils à entrer dans cette voiture ?

— C'était les hommes de main de Dmitri et comme je te l'ai expliqué, ils essayaient de me faire partir avec eux pour que Dmitri puisse traîner mes fesses jusque devant un prêtre et que ce dernier nous marie.

— J'imagine quand employant le terme « traîner » tu veux dire par là que tu n'as pas vraiment envie d'épouser ce type.

Elle fronça le nez et secoua la tête.

— Non. J'essaie même de l'éviter.

Les pièces du puzzle finirent par se mettre en place.

— Donc ce fameux Dmitri est la raison pour laquelle tu es ici, n'est-ce pas ? C'est pour ça qu'Arik t'a laissée revenir. Tu te caches.

— Moi, me cacher ? Bien sûr que non. Mes parents ont simplement pensé que c'était une bonne idée que je vienne rendre visite au clan maintenant qu'Arik est au pouvoir.

Une fois de plus, son air innocent ne marcha pas avec lui.

— Ils ont pensé ou insisté ?

Elle fit la moue, sa lèvre inférieure délicieuse suppliant d'être mordillée.

— Parle, insista-t-il.

— OK. Ils m'ont bannie. Il a été jugé préférable que je fasse profil bas pendant quelque temps et que je disparaisse, vu les problèmes que j'ai causés en étant en Russie.

— Tu étais en Russie ? Que faisais-tu là-bas ?

— J'étais chercheuse de fleurs.

Il cligna des yeux.

— Chercheuse de fleurs ? Ça existe vraiment ce truc ?

— Ben ouais. Les graines qui sont rares se vendent plutôt bien, tout comme les hybrides de certaines espèces. Ma mère tient une boutique de fleurs très réputée et si elle a autant de succès c'est en partie parce que je voyage pour elle et que je récupère des graines et échantillons très intéressants.

— Donc, aide-moi à comprendre, comment le fait d'être chercheuse de fleurs a-t-il pu t'attirer des ennuis ?

— Eh bien, il se trouve que les fleurs que je cherchais, les *Symplocarpus renifolius*, étaient dans un jardin.

— Un jardin public ?

— Non pas vraiment. Plutôt un jardin privé. Ce qui est d'ailleurs assez impoli étant donné leur rareté. Les fleurs devraient être partagées.

Il se laissa retomber sur son siège et ignora le grincement inquiétant du métal pour se préparer à écouter une histoire tirée par les cheveux. Et oui, il connaissait désormais assez bien Meena pour pouvoir l'affirmer avec certitude.

— Donc tu es venue toquer à la porte de ce type ou de cette femme et tu as demandé à voir les fleurs ?

Elle se tortilla sur son siège et prit une seconde pour sucer longuement sa paille. Les joues creusées. Les lèvres pincées. Excellente succion.

Il détourna le regard.

— Tu es entrée par effraction ?

— Plus ou moins. Mais ce n'était pas mon intention. Je voulais simplement vérifier qu'elles étaient bien là avant de déranger quiconque. Alors j'ai escaladé le grand mur en pierre qui encerclait sa propriété.

— Et il ne t'est pas venu à l'esprit qu'il avait justement mis ce mur pour empêcher les gens d'entrer ?

— Eh bien, une fois que je me suis retrouvée face au fil barbelé, j'ai compris, mais à ce moment-là j'étais déjà trop curieuse.

Le défaut de nombreux félins était de toujours vouloir voir ce qui se cachait de l'autre côté. Mais Leo n'avait pas ce défaut. Car il était généralement assez grand pour se rendre compte que de l'autre côté, l'herbe n'était pas plus verte.

— Donc tu as sauté par-dessus la clôture. Tu t'es faufilée dans le jardin...

— Après avoir gratouillé le ventre de ces Rottweilers trop mignons qui sont venus me dire bonjour.

Le pouls, visible sur le front de Leo, s'intensifia.

— Tu te rends compte qu'ils auraient pu te réduire en miettes ?

Une fois de plus, elle battit innocemment des cils, mais il ne tomba absolument pas dans le panneau.

— Pourquoi auraient-ils fait ça ? Je fais de très bons massages de ventre. Tu veux que je te le prouve ?

Oui !

— Non.

— Tu as raison. Ce n'est pas le moment. On devrait attendre d'être à la maison pour que je puisse te *masser* convenablement.

Inutile de lui dire qu'il n'y aurait pas de massage.

Pourquoi pas ?

Son ligre ne comprenait pas vraiment pourquoi il voulait la tenir à distance – alors que la tenir tout près était bien plus agréable.

Garde cette conversation – et ton esprit – sous contrôle. Il se demanda si ce n'était pas un stratagème de sa part pour l'éloigner du sujet et de ce qu'il voulait savoir. À en juger par la façon dont son pied essayait de remonter le long de sa jambe, c'était fort probable. Il coinça ce pied sournois entre ses genoux. Il avait besoin de connaître la suite de l'histoire, notamment la partie où elle avait fini par être fiancée à un Russe.

— Donc tu as esquivé toutes les mesures de sécurité, tu as trouvé les machins de cette fleur rare, puis tu t'es fait attraper et arrêter.

Avait-elle été victime de chantage de la part d'un policier ou d'un membre du gouvernement et forcée de se marier pour éviter d'être inculpée ? Les mariages blancs pour obtenir une carte verte aux États-Unis étaient fréquents.

— Pas tout à fait. Je me suis effectivement fait

prendre. Dmitri m'a vue sur les caméras de surveillance et est sorti en personne pour me demander ce que je faisais. Quand je lui ai expliqué que j'avais besoin de ses fleurs, il m'a dit qu'il m'en donnerait une si j'acceptais un rencard avec lui. Il m'a ensuite demandé en mariage ce soir-là.

— Attends. Un type te surprend en train d'entrer par effraction dans son jardin avec l'intention de voler des fleurs rares et il t'emmène ensuite dîner pour te demander en mariage ?

Elle acquiesça.

— Et tu as dit oui ?

— Bien sûr que non. Je ne suis pas une fille facile. Et puis, même s'il était beau…

Il ne put s'empêcher de grogner devant ce compliment.

— Dmitri n'a jamais vraiment fait ronronner mon chaton.

— Les lions ne ronronnent pas.

— Je ne parlais pas de cette chatte-là, dit-elle avec un rictus, probablement parce que sa franchise le fit se tortiller.

Il était bon de savoir qu'elle n'était pas attirée par ce type, mais ça ne répondait toujours pas à la question qu'il se posait.

— Mais s'il ne t'intéressait pas, comment diable vous êtes-vous retrouvés fiancés ?

— Oh, ai-je oublié de mentionner que Dmitri est à la tête de la mafia des métamorphes en Russie ? Après mon troisième refus, il m'a enfermée et a continué d'organiser notre mariage.

— Sauf que le mariage n'a pas eu lieu. Tu es toujours célibataire.

Pas pour longtemps. Son ligre avait des idées très précises sur leur avenir.

— Oui célibataire, et heureusement, sinon je ne t'aurais jamais rencontré et nous ne serions pas en train de planifier notre avenir ensemble. Et rassure-toi, même si Dmitri avait réussi à me glisser la bague au doigt, une fois que j'aurais rencontré ma véritable âme sœur, c'est-à-dire toi, je suis sûre que Papa et moi aurions pu nous arranger pour organiser le divorce ou un accident. Mais le destin était de mon côté. Je suis tout à toi, mon Chou ! dit-elle d'un air jovial.

Bang. Ce fut le bruit que fit sa tête en heurtant la table. *Bang. Bang. Bang.*

— Qu'est-ce que tu fais mon Chou ? Tu es en train de faire une attaque ? Est-ce qu'il faut que je te mette quelque chose dans la bouche pour ne pas que tu t'étouffes ?

Effectivement, il était pris d'un malaise. Il laissa sa tête reposer sur la table, les yeux fermés, essayant de trouver cette sérénité qu'il avait perdue dès le moment où il l'avait rencontrée.

— Comment as-tu réussi à t'échapper s'il te retenait prisonnière ?

Car cette information pourrait lui être utile s'il avait un jour besoin de l'enfermer afin de prendre une longueur d'avance.

— Disons que je me suis échappée façon mariée en fuite à la Houdini. Genre littéralement. Je me suis enfuie le jour du mariage en me servant de mes talents de grimpeuse. Comme il habite au milieu de nulle part, j'ai trafiqué les câbles de sa moto qui se trouvait juste devant.

Il leva un sourcil.

— OK, bon j'ai pas vraiment touché aux câbles. Je me suis servie de la clé. Mais tu te rends bien compte que dit comme ça, c'est beaucoup moins excitant.

— Il n'y a que toi qui pourrais penser ça.

— Oh, merci mon Chou ! Tu me comprends déjà tellement bien. Enfin bref, j'ai conduit la moto comme si mon père me poursuivait, ce qu'il a déjà fait quelques fois quand j'étais adolescente, puis j'ai quitté la maison et me suis rendue à l'aéroport. J'ai sauté dans un avion, ce qui paraît toujours plus sympa dans les films d'ailleurs, et je suis rentrée chez moi. La plupart des gars auraient laissé tomber, mais Dmitri qui est très têtu m'a appelée plusieurs fois en hurlant alors au bout d'un moment j'ai changé de numéro.

— Mais ?

— Mais il a réussi à trouver les numéros des membres de ma famille et a commencé à les appeler. Ce qui n'était pas grave puisqu'au final ma tante et tout l'ont bloqué, mais le problème, c'est qu'il a débarqué chez mes parents pendant que j'étais partie faire du shopping. Mes parents sont actuellement en vacances à Mexico, c'est donc ma tante qui a dû avoir affaire à lui.

— Ils lui ont fait peur.

Elle se mit à rire.

— Faire peur à ma tante Cecily ? Jamais de la vie. Elle a un sacré crochet du droit. C'est la sœur de Papa qui m'a appris à me battre à la déloyale.

— Il a forcément dû se passer quelque chose pour que tu sois bannie.

— Eh bien, disons qu'elle se faisait du souci pour moi, comme, selon elle, je suis délicate et tout.

Il ne put s'empêcher de ricaner.

— Ouais, c'est aussi la réaction que j'ai eue, mais c'est parce que je suis la plus jeune de la famille. Teena est née dix secondes avant moi. Enfin bref, Tante Cecily m'aurait bien gardée sauf que ces voyous ont piétiné le jardin de fleurs de Maman durant l'une de leurs tentatives d'enlèvement.

— Tu t'es fait bannir à cause des fleurs ?

— Non, je me suis fait bannir avant que les hommes de main ne fassent plus de dégâts avec les affaires de Maman. Quand ma mère se met à pleurer, Papa est vite contrarié, et quand Papa s'énerve, les problèmes arrivent. Devoir se débarrasser d'un corps c'est toujours pénible et les forces de l'ordre ne cautionnent pas vraiment les meurtres. Et Papa fait vraiment de son mieux pour ne pas retourner en prison. Donc pour le bien de la famille, il a été fortement suggéré que je prenne des vacances prolongées en espérant qu'avec mon absence, Dmitri rappelle ses hommes de main et laisse tomber cette histoire de mariage.

— Sauf qu'il a compris que tu étais partie et t'a suivie jusqu'ici.

Elle fronça les sourcils.

— Ouais, ce qui est bizarre parce que j'étais persuadée de ne pas avoir été suivie.

— Ben maintenant tu seras suivie, vingt-quatre heures sur vingt-quatre jusqu'à ce que je localise ce

Dmitri et que je lui demande de se casser et de quitter immédiatement le territoire du clan.

— Tu ferais ça pour moi ? dit-elle en lui faisant un sourire radieux.

— Je ferai ça pour n'importe quelle personne forcée d'épouser un con qui n'a pas compris que non c'était non.

La plupart des femmes auraient été déçues d'être associées à un groupe en général. Mais pas elle. Elle sourit encore plus.

— Mon Chou, tu es un vrai héros, tu sauves les demoiselles en détresse. Tu feras un très bon mari.

Pas s'il devenait à son tour un époux en fuite.

— J'ai vraiment l'impression que je devrais clarifier cette fausse hypothèse que tu as sur notre relation. Une relation qui, d'ailleurs, n'existe pas. Et nous n'en aurons jamais une. Ça n'arrivera jamais.

Ha ! Mais ce rire moqueur ne fut pas celui de Meena. Son ligre était celui qui trouvait ses revendications amusantes.

Tout comme Meena.

— Oh, mon Chou, tu es tellement adorable quand tu es autoritaire comme ça. Ça me donne envie de plonger par-dessus cette table, de me jeter sur tes genoux et de te faire un gros bisou baveux !

La menace le fit se raidir, le préparant pour l'impact – et sa bite se durcit, pleine d'anticipation.

Hélas, pour une fois, elle n'agit pas.

— Mais, dommage pour toi, la dernière fois que j'ai fait ça j'ai cassé la table et mon rencard s'est renversé sur sa chaise et a fini à l'hôpital pour commotion cérébrale, alors je vais m'abstenir.

— Je t'aurais rattrapée.

Il n'était quand même pas en train de l'encourager là, si ?

Un sourire malicieux étira les lèvres de Meena.

— Je sais. Un homme comme toi sait comment s'y prendre avec une fille comme moi.

Il la prendrait avec ses deux mains posées sur sa chair nue. Tant de parties de son corps magnifique à caresser et ...

— Mon Chou, murmura-t-elle, tu grognes à nouveau et même si c'est super sexy, je crois que des non-félins viennent d'arriver.

Il revint à la réalité, une fois de plus totalement distrait par la femme qui se trouvait devant lui.

— On ferait mieux de rentrer. J'ai des trucs à faire.

— Des trucs ? Ouuh, ça a l'air torride. Quel genre de trucs as-tu prévu ? Je te préviens, j'adore quand on joue avec mes tétons, c'est mon petit faible.

Le sac qui contenait le reste des pâtisseries lui permit de dissimuler cette tension qui s'accumulait dans son pantalon, mais rien ne put apaiser son sang qui était en train de bouillir.

Pourquoi faisait-elle exprès de le chauffer ?

Pourquoi n'acceptons-nous pas son offre ?

Pourquoi son ligre n'allait-il pas faire une putain de sieste comme tous les autres félins ?

Son regard noir n'empêcha pas Meena d'enrouler son bras autour du sien lorsqu'ils s'en allèrent. Malgré ses lèvres pincées, elle continua ses adorables bavardages. Tenant fermement en laisse ses émotions, il ne put réfréner cette bouffée de plaisir à son contact. Même s'il niait leur attirance, il ne put s'empêcher de grogner de jalousie lorsque de jeunes cadres dynamiques qu'ils croisèrent sur le trottoir se retournèrent sur son passage.

Cependant, était-ce vraiment nécessaire de montrer les dents ?

Oui.

Ce soupir en entrant dans le hall et la douzaine de lionnes qui crièrent « Oooh » étaient-ils inévitables ?

Oui. Tout comme il ne put éviter les ricanements qui suivirent quand Luna se mit à chanter :

— Tin nin nin nin nin, nin nin nin nin !

Notamment lorsque Meena se joignit à elle et se lança dans une danse improvisée qui impliquait beaucoup de mouvements de hanches et de poitrine s'agitant dans tous les sens.

Jette-la par-dessus notre épaule et amène-là à notre chambre. Nous devons la revendiquer avant que quelqu'un d'autre ne le fasse.

Qu'était-il arrivé à son félin d'habitude si calme et décontracté ?

La femme de leur vie avait débarqué, voilà ce qui s'était passé.

Mais ce qui convenait à son côté sauvage n'était pas forcément ce que l'homme sérieux en lui voulait.

Elle est chaotique.

Oui. Et donc merveilleuse.

Elle est parfaite physiquement.

Et elle le tentait, lui donnant envie de croquer un morceau.

Elle ne te laissera jamais en paix.

Sa vie aurait un sens.

Elle m'aimerait avec la passion et la force d'un ouragan.

Mais survivrait-il à la tempête ?

Ou bien ne devrait-il pas tenter de la semer ?

Elle nous rattraperait. Elle est forte. Une vraie chasseuse.

Grrr !

Mais il valait mieux tenir ces conversations existentielles intérieures loin des regards, notamment parce que celles-ci le rendaient distrait et moins conscient de son environnement, ce qui permit à sa cousine Luna de se glisser jusqu'à lui et de murmurer :

— J'ai bien vu ce regard.

— Quel regard ?

— Celui qui a vu quelque chose d'appétissant et qui a envie de le manger.

Était-ce si évident que ça ?

— Je n'ai pas faim. Je viens juste de prendre mon petit-déjeuner.

Luna lui donna un coup de coude en ricanant :

— C'est une façon de feindre l'ignorance. Je sais que tu sais que je sais ce qui est en train de se passer.

— Vas-y, essaie de dire ça cinq fois d'affilée.

C'est ce qu'elle fit. Décidément, Luna était rapide sur tous les plans.

— Bon alors, quand est-ce que tu la revendiques ? demanda la fouineuse.

— Jamais.

Il ignora son félin qui venait de s'effondrer par terre.

— Leo, tu me choques ! N'es-tu pas celui qui prône l'honnêteté ?

— Seulement si celle-ci ne cause pas de dommages irréparables. Dans ce cas-là, même les énormes mensonges sont permis. Tout qui puisse retenir les forces hostiles du chaos.

— Je n'arrive pas à croire que tu la rejettes à cause de son passif de miss catastrophe. Certes, Meena est synonyme d'emmerdes, comme les microondes qui explosent à cause du papier d'aluminium dans lequel se trouve la quiche qu'elle essaie de préparer pour le déjeuner. Mais cette cuisine avait besoin d'être rénovée de toute façon.

— Je suis l'oméga du clan.

— Et donc ?

— C'est à moi de maintenir la paix au sein du clan.

— Alors qui de mieux que toi pour prendre Meena comme femme ? Tu seras comme celui qui sait murmurer à l'oreille de Meena. Et elle sera le shooter de tequila qui fera bouillir ton sang.

— Tu insinues que je suis ennuyeux ?

— Parfois. Il faut reconnaître que tu peux être assez coincé. Enfin, à chaque fois qu'une bonne bagarre éclate tu débarques et tu cognes les têtes les unes contre les autres. Tu jettes quelqu'un contre un mur. Tu amènes la paix en un temps record. C'est tellement agaçant. Plus personne n'a le droit de s'amuser.

Sauf lui. Il n'intervenait pas vraiment pour faire cesser les petites querelles, mais parce que l'ennui le poussait à agir.

— Donc ta théorie, c'est que je devrais prendre Pen comme compagne – dit-il en pointant Meena du doigt qui était actuellement en train de twerker contre un palmier en pot – pour ne plus avoir un balai dans le cul ?

— Nan, garde le balai. Être coincé fait partie de toi, mais ne passe pas autant de temps à te faire du souci pour nous et prends du temps pour toi.

Couche avec Meena. Ouais. Son ligre était entièrement d'accord avec Luna.

Mais Leo était maître de son corps – et de son cœur.

— Meena n'est qu'une simple invitée qui restera ici un court moment avant de filer à nouveau.

Le laissant.

Cette idée ne lui plaisait pas du tout.

Miaulement triste.

CHAPITRE HUIT

À en juger par l'air renfrogné de Leo, il était encore en train de réfléchir. Ce gars utilisait beaucoup trop sa tête. Il réfléchissait trop. Se faisait trop de souci. Ne perdait pas assez le contrôle.

Elle se demanda à quel point il deviendrait fou quand il craquerait enfin. Et il craquerait, c'était certain.

Un homme aussi fermé ne pourrait pas éternellement garder le contrôle. Derrière ce masque placide et grognon se cachaient une bête, un homme au sang chaud et une passion indomptable.

Cet homme finirait par exploser. *Grrr*.

Si seulement elle pouvait trouver le moyen de le libérer de cette cage qu'était le déni.

Remarquant qu'il avait tourné les talons et se dirigeait vers l'ascenseur, sans elle, elle arrêta de fricoter avec la plante et le rattrapa.

— Oh, mon Chou, tu vas où ?
— Je vais travailler.

— Est-ce que je peux *prendre* le même chemin que toi ?

S'il la prenait, ce serait avec sa langue ou sa queue. L'un ou l'autre ferait l'affaire. Elle lui jeta un regard coquin accompagné d'un clin d'œil. Et hop, le tic au coin de son œil refit son apparition.

— Non.

— Tu me taquines tout le temps, mon Chou.

— Et toi tu es volontairement pénible.

— Il faut bien que je sois fidèle à mon surnom.

Les portes de l'ascenseur s'ouvrirent et il entra. À sa grande surprise, il maintint les portes ouvertes alors que celles-ci auraient dû se refermer.

— Qu'est-ce que tu attends ? Monte.

— Je croyais que tu avais dit que je ne pouvais pas venir.

— Tu ne peux pas, dit-il en tendant les bras pour la faire entrer. Mais vu ce qu'il s'est passé au café, je pense qu'il est préférable que je t'escorte jusqu'à ton appartement et je te recommande fortement d'y rester.

— Tu veux que je reste à l'intérieur ? demanda-t-elle en fronçant le nez. Ça n'a pas l'air très amusant.

— Se réveiller mariée à un mafieux non plus.

— Qu'est-ce que tu racontes ? Au contraire, je m'amuserais beaucoup. Bon, peut-être que le personnel n'appréciera pas vraiment le désordre que je laisserai derrière moi. Il y a des taches que l'eau froide ne peut pas faire partir.

Elle lui lança un sourire féroce qui aurait dû lui faire brandir un doigt autoritaire, prônant des résolutions pacifiques. Son côté plus optimiste espérait qu'il l'attire près de lui, plante un baiser sur ses lèvres et lui dise qu'elle n'aurait pas à tuer le Russe. Leo le ferait lui-même si ce dernier osait toucher à un seul de ses cheveux.

Une fois tous les deux dans l'ascenseur, Leo laissa les portes se refermer et appuya sur le bouton de son étage. Dès que la cabine se mit en marche, il jeta un regard dans sa direction et dit :

— J'ai peur de te demander à quoi tu penses.

— On s'en fout que je te le dise. Je vais plutôt te le montrer.

Meena se mit en mouvement.

Elle le poussa contre le mur. Elle plaqua le bas de son bassin contre lui et lui donna un baiser torride.

Il ne la repoussa pas. Il ne cria pas de douleur pour se plaindre qu'elle était en train de l'écraser. Il lui rendit son baiser.

Du moins, seulement un instant. Lorsqu'elle s'aventura à caresser ses lèvres du bout de sa langue, il tourna la tête.

— **Arrête !**

Oh le tricheur ! Il se servait de sa voix puissante d'oméga contre elle. Autoritaire. Essayant de dominer. Elle fut parcourue d'un frisson et ses lèvres, encore palpitantes, s'arrêtèrent, tout près de lui.

— Tu essaies de me contrôler ? murmura-t-elle, la chaleur de son souffle humide contre sa peau.

— Si je suis obligé, oui. Tu ne peux pas juste te jeter sur moi comme ça.

— C'est toi qui as dit que tu me rattraperais.

— Ce n'était pas ce que j'ai voulu dire.

Elle ondula des hanches contre lui.

— Menteur.

— Pen...

Son ton, plein de mise en garde, la fit sourire.

— Nous sommes arrivés à mon étage. Escorte-moi jusqu'à ma porte, tu sais, pour t'assurer que je ne provoque pas de catastrophes.

— Et si je ne le fais pas, qu'est-ce que tu vas faire ?

Elle lui lança un grand sourire en guise de réponse.

Il soupira et quitta l'ascenseur.

Jusqu'à présent, son projet de séduire Léo après le petit déjeuner, dans son lit fabuleusement immense, ne semblait pas destiné à se réaliser. Même ses avances, plutôt directes, ne fonctionnaient pas !

Il était temps de passer à la vitesse supérieure. Alors qu'il ne leur restait plus que six mètres à parcourir, elle essaya de lui tenir la main.

En un clin d'œil, il mit sa main dans la poche de son pantalon.

Quel fourbe, ce ligre ! Comme si sa petite ruse allait l'arrêter. Avec ses mains enfoncées dans ses poches, il était désormais plus vulnérable pour...

Paf !

— Non, mais ça va pas ? ne put-il s'empêcher de dire sur un ton choqué.

— En exhibant un beau cul pareil, faut pas t'étonner qu'on ait envie de lui donner une petite tape.

— Je n'exhibe rien du tout.

Elle leva les yeux au ciel.

— Mon Chou, je sais bien que ce n'est pas de ta faute. Un homme aussi sexy que toi est obligé de faire de l'effet aux femmes. Mais garde à l'esprit qu'en revanche, quand j'aurai des problèmes pour avoir botté le cul des salopes qui auront admiré tes atouts, là, ça sera de ta faute.

Car dès qu'il s'agissait de lui, elle avait un tout petit problème de possessivité.

Et hop, un tic, les lèvres pincées et un grognement. Vu comment il était crispé et recroquevillé sur lui-même, elle ne put s'empêcher de le comparer à un Diable en boîte. On remonte la manivelle, encore et encore et POP !

Mais ce fameux pop n'aurait pas lieu aujourd'hui. Dès qu'ils arrivèrent au niveau de la porte de l'appartement qu'on lui avait prêté – et qui était totalement provisoire – il la quitta avec un avertissement ferme.

— Ne bouge pas d'ici.

Elle parvint à ne pas ricaner. L'obéissance n'était pas son point fort.

— Où est-ce que tu vas ? demanda-t-elle.

— Au travail.

— Passe une bonne journée, mon Chou. Tu vas me manquer.

Vu comment son pantalon mettait en valeur ses fesses, elle siffla de façon stridente.

— Waouh, ça, c'est une belle vue !

Il ne réagit absolument pas, mais elle aurait pu jurer qu'il avait bombé le torse.

— Sois sage !

Ce fut son dernier ordre avant qu'il n'entre à nouveau dans l'ascenseur.

Sois sage ? Et passer à côté de l'amusement ?

À peine venait-il de partir qu'elle traversa le couloir et se dirigea vers la porte avec écrit en lettres rouges : « Sortie ».

La cage d'escalier lui permit de descendre rapidement au rez-de-chaussée. Une fois qu'elle arriva dans le hall, saluant ses copines de la main, elle sortit sans s'arrêter par les grandes portes vitrées.

Une véritable provocation. Peut-être que Leo la punirait.

Sa jupe était assez courte et conviendrait dans tous les cas s'il décidait de la mettre sur ses genoux pour la sanctionner.

Elle sautilla sur le trottoir, se dirigeant tout droit vers la berline noire de Dmitri qui était à l'arrêt et qu'elle venait de repérer sur le trottoir d'en face. Même si elle n'avait pas vu qu'il l'avait suivie, elle ne fut pas surprise de constater qu'il savait où elle logeait. Pour un homme riche comme lui qui avait plein de contacts, il n'était pas difficile d'obtenir des informations.

Heureusement qu'il l'avait suivie d'ailleurs, car cela lui permettait de le contacter beaucoup plus facilement. Même Leo ne pourrait pas vraiment s'énerver. Ce n'était pas comme si elle était allée bien loin. Donc c'était presque comme si elle l'avait écouté, non ?

Ignorant la circulation – alors que les voitures klaxonnaient, appréciant son déhanché – elle traversa la route et s'approcha de la vitre côté passager. Celle-ci se baissa en la voyant arriver.

Se penchant en avant, les bras croisés contre le rebord, elle jeta un coup d'œil et remarqua que Dmitri était assis, seul, sur le siège, vêtu d'un costume cravate impeccable. Cet homme ne connaissait pas le sens du mot « décontracté ».

Ses lèvres s'étirèrent en un sourire accueillant.

— Meena, *lyubov moya*[1], as-tu finalement retrouvé la raison ?

Bizarrement, ses mots doux en russe, qui signifiaient « Mon amour » étaient bien loin d'être aussi mignons que le surnom Pen que lui donnait Leo.

— Pourquoi est-ce que tu me traques comme ça ?

— Est-ce qu'on peut vraiment appeler ça traquer, étant donné que nous sommes fiancés ?

Quel tigre têtu.

— Je ne t'épouserai pas, Dmitri.

— Mais nous avons un accord.

— Me garder prisonnière n'est pas ce que j'appelle un accord. Et en plus, il s'avère que nous ne pouvons pas être ensemble.

— Pourquoi ?

— Parce que j'ai rencontré mon âme sœur.

Il leva un sourcil noir.

— Ne me dis pas que tu crois à ces superstitions d'âmes sœurs, de destin et autres bêtises ?

— Si, j'y crois. Donc tu vois, ça ne sert à rien de me traquer. J'ai rencontré ma moitié.

Il plissa les yeux.

— Tu dis que tu l'as rencontrée, pourtant tu n'as toujours pas été revendiquée.

Pff, détail mineur.

— Pas encore.

— La fièvre de l'accouplement peut encore être brisée. Je pourrais t'emmener, là, tout de suite, et te faire monter dans le premier avion pour la Russie, demander à un prêtre de mener la cérémonie et gravir un nouvel échelon du Mile High Club[2] dans l'heure qui suit.

Dmitri, propriétaire d'un jet privé, était toujours aussi vexé qu'elle batte largement son score en termes de relations sexuelles dans les airs. Elle était sortie avec un pilote pendant quelque temps. Elle avait fait le tour du monde. Puis s'était fait bannir par une certaine compagnie aérienne pour avoir accidentellement provoqué le crash d'un avion-cargo. Pour sa défense, elle défiait quiconque de ne pas réagir un peu violemment s'ils étaient soudain pris d'une crampe pendant un orgasme. Désormais, elle s'abstenait d'avoir une activité physique dans un véhicule en mouvement.

— Je ne te conseille pas de me forcer à faire quoi que ce soit.

Il leva le menton, prenant soudain une expression hautaine qui lui était familière.

— Je n'écoute guère les conseils des femmes.

— Tu devrais. Notamment si tu ne veux pas qu'elles te bottent le cul.

Ce ne fut pas Meena qui le menaça, mais Luna qui se positionna à ses côtés. Elle ne fut pas surprise de la voir débarquer. Cette fille avait le don de flairer les éventuelles catastrophes et s'assurait toujours qu'elle ait sa part du gâteau.

— Je ne me laisserai pas menacer.

Dmitri était le roi des décrets impériaux. Dommage que personne ici n'ait envie de l'écouter.

— Qui a dit que c'était une menace ? dit Luna en souriant. Vois plutôt ça comme une promesse. Tu vois, ici c'est les États-Unis, mec et on n'aime pas trop les misogynes qui croient pouvoir contraindre une femme au mariage.

— Ouais, comme elle a dit, ajouta Meena. J'ai déjà jeté un soutien-gorge en feu dans la voiture d'un gars. Ne m'oblige pas à recommencer.

Parce qu'apparemment elle risquait de perdre toute couverture d'assurance en agissant ainsi, genre, pour toujours.

— Je t'interdis d'abîmer ma voiture de location.

— Tu l'as louée ? demanda Luna en plongeant la tête à l'intérieur, jetant un coup d'œil et laissant échapper un sifflement léger. J'avoue que c'est une belle voiture. Mais personnellement, je préfère une Lexus à une Lincoln.

— La Lexus c'est pour les garçons. Moi je suis un homme.

Luna ricana.

— Un homme qui n'arrive même pas à convaincre une fille de l'épouser et qui est obligé d'avoir recours au kidnapping.

Dmitri lui jeta un regard noir. Luna se mit à sourire et Meena comprit soudain pourquoi certaines personnes pensaient qu'il valait mieux éviter de passer du temps avec elle.

C'est vrai qu'avec moi, la vie est assez imprévisible. Mais dans ce cas-là, autant se débarrasser de cette imprévisibilité en agissant comme une adulte.

— Je pense que tu ferais mieux de partir. Maintenant.

Avant que quiconque n'ait besoin de points de suture et de poches de glace.

— Je ne partirai pas, *lyubov moya*. Je t'aurai. Consentante ou non.

Meena ne put s'empêcher de lever les yeux au ciel. Dmitri ne comprendrait-il donc jamais ?

— Tu parles si mal ma langue que ça ou quoi ? Qu'est-ce que tu ne comprends pas dans : « Tu ne peux pas m'avoir » ? J'en ai marre de toi. Puisque tu refuses de croire que je ne suis plus sur le marché, tu n'as qu'à voir avec mon fiancé.

— Fiancé ? siffla Luna. Quand t'es-tu fiancée et Leo est-il au courant ?

— Bien sûr qu'il est au courant. Plus ou moins. OK, pas vraiment, mais il se fera à l'idée.

— Tu es fiancée à Leo ?

Il était drôle de constater à quel point l'incrédulité pouvait donner une voix aigüe.

— Pas encore, mais je le serai. Bientôt. Ce n'est qu'une question de temps. Ce qui veut dire que je ne suis plus sur le marché, dit-elle en fixant Dmitri du regard. Si tu veux en parler à mon homme, viens au Jungle Beat ce soir. Mon Chou et moi t'y attendrons.

— Leo ne danse pas, murmura Luna à voix basse.

— Si, il dansera.

Elle s'en assurerait.

---

1. Mon amour, en russe
2. Le Mile High Club est réservé aux personnes ayant eu des relations sexuelles dans un avion

CHAPITRE NEUF

Pour Leo qui voulait s'assurer que le mafieux russe laisse Meena tranquille, rien ne se déroulait comme prévu.

— Comment ça on ne peut pas chasser ce type ?

Assis derrière son énorme bureau en acajou, Arik leva les yeux vers Leo.

— Parce que c'est un diplomate.

— Et alors ? Il veut forcer Meena à l'épouser.

— Est-ce vraiment une mauvaise chose ?

Ne rugis pas. Ne rugis pas. Arik ne pensait pas ce qu'il disait, tout le monde voyait bien que ce mariage entre le mafieux russe et Meena était une mauvaise idée.

Ouais, parce qu'elle m'appartient.

Il ne daigna même pas s'opposer à son état mental. À la place, il s'opposa à son alpha.

— Certes, Meena est peut-être un peu fougueuse...

— Un peu ?

— Mais ce n'est pas pour autant que nous devrions tolérer un mariage forcé. Nous avons empêché Arabella d'être emprisonnée. Enfin, merde, nous sommes même entrés en guerre avec les Lycans pour la protéger !

— C'était différent. Ils avaient l'intention de la tuer et ils étaient violents. Dmitri, même s'il est un petit peu vieux jeu, n'est pas un connard. Il s'occupera bien d'elle.

— C'est un putain de mafieux !

— Par nécessité. Les choses sont différentes en Russie. C'est plus rustique. Il fait ce qu'il faut pour les protéger, lui et son clan.

— Il ne l'aura pas.

Arik se laissa retomber dans son siège et l'observa.

— Tu veux bien me dire de quoi il s'agit vraiment ? Pourquoi t'intéresses-tu à ma cousine ?

— Rien. C'est juste que je n'aime pas que l'on accoste et agresse les femmes de manière générale.

Arik ricana.

— Meena est tout à fait capable de se défendre toute seule.

— Ce n'est pas la question. Elle ne devrait pas avoir à le faire.

— Dit le gars qui n'a même pas encore eu le temps de vraiment connaître ma cousine. Crois-moi, encore quelques jours à subir toutes ses conneries qui sont sa marque de fabrique et tu vas finir par l'attacher et la livrer toi-même à Dmitri.

L'attacher. Ça, c'était un bon plan. Sauf que dans sa vision des choses, elle avait les jambes écartées sur son lit.

Ce ne fut que lorsqu'Hayder lui tapa dans le dos en lui demandant si tout allait bien que Leo réalisa qu'il était en train de se taper la tête contre le mur.

Même quand Pen n'était pas là, elle le tourmentait

quand même. Donc il ne fut pas surpris quand il reçut un rapport lui indiquant qu'une fois de plus, elle avait tout fait pour causer des ennuis.

— Il faut que j'y aille.

Dès qu'il eut lu le texto, il s'en alla brusquement. Un comportement erratique, mais nécessaire. Il était temps de passer en mode mission oméga. Empêcher une lionne perturbatrice de causer encore plus de problèmes.

Courir jusqu'à sa destination serait probablement plus rapide que d'essayer de choper un taxi au milieu de cette circulation dense de début d'après-midi. Cela l'aiderait aussi à apaiser cette tension qui l'habitait.

Ou, dans son cas, s'assurer qu'il arrive là-bas avec encore plus d'adrénaline dans le sang.

Le pouls battant, il fit irruption dans la boutique. Ses narines s'agitèrent immédiatement lorsqu'il sentit son odeur.

Dire qu'il lui avait demandé de rester chez elle, tu parles !

Bien décidé à la punir, il suivit sa trace jusqu'au fond du magasin. Avant même qu'il ne crie son prénom, Meena tira un rideau vers les cabines d'essayage et l'interpella avec enthousiasme.

— Mon Chou ! Justement, j'espérais que tu viennes !

— Espérais ? Reba m'a envoyé un texto pour me dire que tu essayais des robes pour ton futur compagnon.

— Oui c'est vrai. Je veux être la plus belle pour toi, mon Chou.

Il n'y avait aucun mur à proximité qu'il puisse frapper, alors il cogna son front avec ses deux mains et tira sur ses cheveux.

— Nous ne sommes pas en couple !

— Pas encore, fredonna-t-elle, mais c'est en cours. Maintenant, si tu as fini de me contredire de façon adorable, tu peux me donner un coup de main ? J'ai du mal à fermer ma robe.

— Et tu ne pouvais pas demander à Zena ou Reba de t'aider ?

— Ce n'aurait pas été drôle sinon, dit-elle, ne culpabilisant absolument pas de lui avoir fait courir plusieurs pâtés de maisons.

Elle lui présenta son dos, une peau nue et tentante traversée par la lanière de son soutien-gorge.

Cours. Cours. Cours, espèce d'abruti !

Ses doigts saisirent la languette de la fermeture éclair, *ses* doigts à lui, comme c'était bizarre. Il tira et fit remonter la fermeture, résistant à l'envie de promener son doigt le long de cette colonne vertébrale qu'il était en train de dissimuler.

Dans l'espace restreint du vestiaire, son odeur l'encerclait. Elle jeta un coup d'œil en direction du miroir qui reflétait leurs silhouettes. Lui ne la surplombait pas tout à fait, et pourtant, ses mains paraissaient si grandes, si parfaites, posées là, sur ses hanches.

Merde, comment se sont-elles retrouvées ici ?

Peut-être à cause de cette même énergie qui le fit embrasser la peau exposée de son cou. Comment osait-elle le tenter de la sorte en relevant ses cheveux en un chignon désordonné ?

Il fit glisser sa bouche le long de la chair crémeuse, regardant ses yeux s'écarquiller. Ses lèvres s'écartèrent. Ses joues devinrent roses.

Et ses tétons... malgré son soutien-gorge, le tissu soyeux de la robe dessinait leur érection splendide.

Elle ne pouvait pas cacher l'effet qu'il lui faisait. Mais, la connaissant, il savait qu'elle ne chercherait pas à le cacher. Elle se délectait de cette attirance qu'elle éprouvait pour lui. Elle ne cherchait même pas à nier qu'elle le désirait.

— J'aime bien quand tu me touches, murmura-t-elle.

Et j'aime te toucher. Ses dents éraflèrent sa peau, avec légèreté, mais assez pour la faire frissonner.

— *Leo.*

Elle grogna presque, sa voix pleine de désir, son corps crispé par l'envie.

— Hé, Meena, j'ai trouvé une robe encore plus courte pour toi. Oh salut Leo ! Je ne m'attendais pas à ce que tu te joignes à nous.

Maudite Reba qui les avait interrompus !

Comme s'il s'était brûlé, il bondit, s'éloignant de Meena, et revint de la cabine en titubant.

Il chercha à recouvrer ses esprits et reprit ses habitudes. Rien de tel qu'un bon châtiment pour détourner l'attention de son propre dilemme.

— J'avais demandé à Meena de rester dans son appartement.

— Non, tu as suggéré que j'y reste. Mais j'avais des choses à faire.

— Comme d'aller parler à ton ex après qu'il ait essayé de te kidnapper ! dit-il en lui jetant son regard le plus sévère.

— Roh, mon Chou ne sois pas jaloux ! Attends, qu'est-ce que je raconte ? dit-elle en se frappant le front.

Si, sois jaloux. Follement et avec rage. Ensuite, prends-moi dans tes bras et faisons bon usage de cette grande cabine d'essayage !

Elle s'appuya contre le miroir et lui sourit, comme une invitation.

Il fit un pas en arrière. *Je ne la laisserai pas m'envoûter et n'entrerai pas dans son jeu.*

Il ne la laisserait pas le séduire.

Reste fort. Ne cède pas. S'il parvenait à rester loin d'elle, peut-être qu'il arriverait à résister à son charme.

Reba se moqua de lui quand elle le vit battre en retraite.

— Je n'arrive pas à y croire. Leo a peur d'une fille.

Ce n'était pas n'importe quelle fille. C'était celle qui pouvait changer sa vie.

— Comportez-vous bien ! hurla-t-il avant de pivoter les talons et de partir.

Ha ! Il lui avait donné une bonne leçon. Il s'était échappé avant qu'elle ne puisse l'attirer dans ses filets, qui n'étaient que folie et sensualité.

Mauviette.

Son ligre n'avait aucun respect.

Je fais ça pour notre bien.

Menteur.

Le problème quand on discute avec soi-même, c'est qu'on ne peut pas se cacher la vérité.

Et la vérité, c'était qu'il était attiré par elle, mais... il pouvait lutter contre s'il parvenait à l'éviter.

Mais le souci, c'était qu'elle s'attendait à ce qu'il réagisse ainsi et avait tout planifié.

L'appel téléphonique le prit au dépourvu d'autant

plus qu'il ne lui avait pas donné son numéro. Et puis, elle ne semblait pas être du genre à appeler. Il s'attendait plutôt à ce qu'elle débarque devant la porte de son appartement, une porte sur laquelle il avait installé un verrou pour qu'elle ne puisse pas faire irruption en lui sautant dessus.

Au lieu de ça, son téléphone s'était mis à sonner, accompagné de la chanson idéale du harceleur : « Every Breath You Take [1] » de Police.

Complètement approprié, notamment lorsqu'il réalisa qui l'avait appelé.

Elle eut l'air absolument ravie quand il répondit d'un air bourru :

— Ouais.

— Mon Chou !

— Comment as-tu eu ce numéro ?

Et plus incroyable encore, comment avait-elle pu programmer cette sonnerie ? Combien d'autres compétences insensées possédait-elle ? *Allons le découvrir.*

— Oh, pitié. Comme si je ne connaissais pas ton numéro. Je connais aussi ta date de naissance, ton équipe sportive, ton restaurant et plat préférés, et je sais aussi que ta position préférée est le missionnaire.

— Comment as-tu découvert tout ça, putain ?

— J'ai mes sources, mais je ne suis pas sûre que ça te plaise alors faisons comme si c'était toi qui me l'avais dit. D'ailleurs, si jamais tu as besoin de m'appeler, je suis déjà dans tes contacts sous le nom M pour mienne.

Il se pinça l'arête du nez, pas vraiment parce qu'elle l'exaspérait, mais plutôt pour le plaisir que cela lui procurait de l'entendre employer ce mot.

Parce qu'elle sait qu'elle est à nous. Son ligre appréciait ce sentiment de possessivité. Leo, en revanche, sentit une nouvelle crise de panique arriver.

— Qu'est-ce que tu veux, Pen ?

— N'a-t-on pas déjà fait le tour de ce sujet ce matin dans ton lit ?

Je te veux toi. Ouais, il s'en souvenait.

— Pen...

Elle l'interrompit avant qu'il ne puisse terminer.

— Mais je ne t'appelle pas pour te parler de mon envie de sauter sur ton délicieux corps masculin.

Ah bon ? Cette sensation de chute qu'il éprouva soudain n'était pas de la déception, si ?

— Je t'appelle pour te demander de m'accompagner dans une boîte de nuit ce soir. J'ai envie de danser.

— Pour une fille à qui j'ai demandé de rester chez elle, tu fais vraiment tout ton possible pour te mettre en danger. Ce Dmitri est toujours à ta recherche. C'est dangereux.

Elle ricana.

— Dangereux pour qui ?

— Une demoiselle ne devrait pas avoir à se défendre contre un homme.

— Oh, toi et ton côté vieux jeu vous êtes vraiment trop mignons. Mon Papa va t'apprécier. Ou, du moins, j'espère qu'il ne te frappera pas comme il l'a déjà fait avec mes derniers petits amis.

— Pourquoi les a-t-il frappés ?

— Pour s'assurer qu'ils soient assez forts pour sa fille chérie évidemment.

Il l'entendit presque accompagner sa réponse d'un « Pff ! ».

— Ont-ils réussi le test ?

— À ton avis, est-ce que je serais encore célibataire si ça avait été le cas ?

Il était prêt à parier qu'il pouvait encaisser un coup de poing sans titubler. Non pas qu'il se souciait vraiment de ce que le père de Meena pouvait penser de lui.

— C'est bien que ton papa soit si protecteur, mais là, il n'est pas là, contrairement à moi et moi je te dis de ne pas bouger ni de sortir.

— Tu me l'interdis ? demanda-t-elle en rigolant. C'est trop sexy ! Et je ne vais clairement pas t'obéir. Je sors avec les filles ce soir. La question, c'est de savoir si toi tu viendras avec moi ?

Bon sang. Cette femme ne faisait-elle donc jamais preuve de bon sens ? Ou bien essayait-elle de le rendre fou ?

Mais dommage. Il n'entrerait pas dans son jeu. Il n'y aurait pas de boîte ni de danse pour lui. Et il lui fit comprendre de manière claire. Il joua également les vicieux en utilisant sa voix d'oméga.

Parce que c'est moi qui contrôle ici. Pas toi.

Grrr !

---

1. Le titre signifie : Chaque inspiration que tu prends

CHAPITRE DIX

— Non, je ne viendrai pas avec toi.
Même s'ils étaient au téléphone, elle pouvait presque voir Leo secouer la tête.

— Je n'aime pas les boîtes de nuit et encore moins danser.

— C'est trop nul. J'ai mis une robe super jolie, rien que pour toi. Elle est courte, ce qui veut dire que tout est plus accessible pour toi. Tu sais si les toilettes de ce club sont grandes ?

Il émit un grondement puissant et clair. Elle sourit.

— Tu as raison. C'est trop public. On ferait mieux de coucher ensemble dans une ruelle sombre plutôt qu'en public. Je pourrais faire plus de bruit comme ça.

— Tu vas arrêter de me chauffer comme ça, Pen ? Je ne viendrai pas. Je me fiche de savoir à quel point ta jupe est courte. Assure-toi juste de rester avec le groupe qui t'accompagne.

— Ah, plus d'avertissements sévères me demandant de rester chez moi et d'éviter les ennuis ?

— Tu m'écouterais si je le faisais ?
— Non.

Maman disait toujours qu'il valait mieux dire la vérité lorsqu'on avait affaire à son mari. Même un futur mari. Sauf si c'était pour lui dire combien elle avait dépensé en shopping, là il valait mieux commander un délicieux repas chez un traiteur et lui faire croire qu'elle avait passé la journée à tout préparer.

— Si tu ne comptes pas m'écouter, je vais utiliser ma salive pour rien.

— Eh bien, je dois dire que tu me surprends, mon Chou et je suis fière que tu aies déjà confiance en notre relation. La plupart des hommes auraient fait une crise de jalousie en apprenant que leur future compagne allait voir son ex-fiancé en boîte de nuit, surtout avec ma jupe qui est à peine légale. Mais tu es manifestement plus intelligent que la plupart des hommes et tu as confiance en notre engagement.

Tic, tac. L'horloge résonnait bruyamment alors qu'un silence s'installait pendant qu'il digérait la nouvelle.

Avec une voix basse et un léger grognement, il dit :

— Qu'est-ce que tu viens de dire ? Qui sera là-bas ?

— Dmitri. Tu te souviens quand je suis tombée sur lui aujourd'hui, et bien je lui ai fait comprendre que nous étions ensemble. Mais ça n'a pas semblé le dissuader. Je me demande s'il fait partie de ce genre de mecs qui prennent leur pied avec le fantasme du mari cocu.

— Va droit au but, Pen.

— C'est ce que je fais. Tu vois, comme il ne comprenait pas que non c'était non, je lui ai dit de venir nous rejoindre ce soir, pour qu'il puisse voir à quel point nous sommes heureux ensemble.

— Nous ne sommes pas ensemble.

— Ouais. J'imagine que ce sera flagrant ce soir. Mais ne t'inquiète pas, mon Chou. Même s'il essaie quelque chose, j'aurai les filles avec moi. Je suis sûre que tout ira bien.

Il se mit à lui aboyer dessus avec sa voix d'oméga.

— **Meena. Je t'interdis d'y aller !**

Oups, avait-elle oublié de lui préciser que sa voix ne marchait pas sur elle ? Le docteur qui lui avait fait passer un test n'avait jamais compris pourquoi.

— Faut que j'y aille, mon Chou.

Elle lui raccrocha au nez et eut un rictus. Une petite crise de jalousie ne faisait jamais de mal à personne. Enfin, sauf pour cette fille dans le hall qui avait avoué qu'elle trouvait que Leo avait de très beaux yeux rêveurs. Mais Meena était certaine que son œil au beurre noir ne mettrait pas longtemps à disparaître.

Glissant son téléphone portable dans son sac à main, elle fit un grand sourire à Reba, Zena et Luna, ses copines pour la soirée, qui restèrent bouche bée. Ces grands yeux écarquillés n'étaient pas très attirants.

— Prêtes les filles ?

La soirée allait être intéressante, d'autant plus qu'elle aurait pu jurer avoir entendu un puissant rugissement, juste avant de se glisser dans le taxi qu'elles avaient appelé.

Génial. Mon Chou arrive.

CHAPITRE ONZE

J*e n'arrive pas à croire que je suis venu et que je me suis fait prendre à mon propre piège.* Et pourtant, il avait bien envie de *prendre* autre chose.

N'importe quel homme sain d'esprit aurait fait appel à une équipe de sécurité pour cette lionne insensée, déterminée à le provoquer et à se mettre en danger. Un ligre intelligent se serait tenu à l'écart de cette catastrophe ambulante qu'était Meena.

Mais ce ligre était un autre Leo. Un Leo qui n'était pas rongé par la jalousie. Un Leo qui n'avait pas ce besoin presque brûlant de protéger.

Ce Leo-là espionnait dans la boîte de nuit – que d'habitude il évitait autant qu'un bain anti-puces après une promenade dans les bois – ses yeux étaient comme des lasers alors qu'il scrutait la foule, cherchant une personne en particulier.

Vu sa taille, encore plus extraordinaire à cause de ses talons probablement-dangereux-pour-sa-santé, Meena surplombait tout le monde dans la boîte.

Elle se démarquait et attirait l'attention.

Comme elle était magnifique ! Ses cheveux blonds étaient relevés sur sa tête avec seulement quelques boucles blondes qui se balançaient sur son visage. Elle portait une robe qui, sur une fille plus petite aurait pu être correcte, mais sur elle et ses longues cuisses, dévoilait beaucoup ses jambes. Elle moulait également beaucoup sa poitrine, ses seins étiraient le tissu, attirant l'attention sur ce décolleté sombre.

La mienne.

Il ne sut pas s'il l'avait simplement pensé ou grogné. Quoi qu'il en soit, lorsqu'il commença à marcher dans sa direction, la foule s'écarta, lui permettant de se frayer un chemin tout droit vers elle. Mais elle ne le remarqua pas.

Lui tournant le dos, elle dansait et se trémoussait, son rire bruyant lui paraissait audible, même par-dessus la musique.

S'arrêtant derrière elle, il attendit qu'elle le salue.

Elle continua à danser, secouant ses fesses, levant les bras en l'air.

Il fronça les sourcils et la regarda plus intensément. Cette sensation de picotement devait forcément réveiller son instinct. Les prédateurs savaient toujours quand quelqu'un les observait. Sauf que Meena semblait soit ne pas le sentir, soit l'ignorer.

Reba, Zena et Luna, les filles du clan avec qui elle avait choisi de venir, le virent, mais ne laissèrent rien paraître. Cependant, elles eurent toutes un rictus.

Inacceptable. Et par là, il parlait du fait que Meena n'avait pas conscience de sa présence. Lui savait toujours quand elle se trouvait dans une pièce. Il pouvait la sentir dans le hall. Dans l'ascenseur. Même maintenant, parmi une foule de corps transpirants et parfumés, il distinguait son odeur. Normalement, son odeur à lui aurait dû lui être reconnaissable aussi, non ?

Cela l'agaçait qu'elle ne se retourne pas.

Une partie de lui le poussait à agir, à l'attraper et à ramener son cul sexy jusqu'à la résidence où il pourrait la secouer – en privé, et avec moins de vêtements. Puis, après l'avoir secouée parce qu'elle le rendait fou, il l'embrasserait parce qu'elle lui faisait perdre le contrôle.

Mais... même si ce plan était très louable, il y avait quelque chose d'hypnotisant dans sa façon de balancer ses hanches au rythme de la musique. Quelque chose dans ses mouvements sensuels qui le berçait.

Au lieu de mettre un terme à ses balancements érotiques, Leo fit quelque chose qu'il n'avait encore jamais fait.

De toute sa vie.

Jamais.

Il se mit à danser.

Enfin, il céda plus à la tentation qu'il ne dansa. Ses mains tâtèrent ses hanches qui ondulaient et il se rapprocha, assez près pour la toucher. Ses lèvres se promenèrent sur la peau humide de sa nuque, son odeur l'enveloppa, tel un parfum capiteux.

Il laissa le corps de Meena contrôler leurs mouvements. On pousse les hanches vers la gauche. On secoue les fesses vers la droite. Son corps suivait ses mouvements sinueux, ses fesses épousant parfaitement son entrejambes.

Danser s'avéra plus facile que ce qu'il avait imaginé, et bien plus érotique. Excitant aussi.

Et avait-il oublié de mentionner que ce fut également très exaspérant ? Notamment lorsqu'elle se retourna dans ses bras et que ses yeux s'écarquillèrent de surprise.

— Mon Chou tu es venu !

Qui croyait-elle sentir se frotter contre elle ? Un ligre aux poils hérissés faillit refaire surface. En tout cas, il grimaça et dévoila un peu trop de dents pour un humain.

— Tu ne m'as pas vraiment laissé le choix.

Elle enroula ses bras autour de son cou et sourit, apaisant légèrement son irritation en frottant son corps contre le sien.

— Je peux me défendre toute seule, tu sais. Je ne suis pas une putain de fleur fragile qui aurait besoin d'un héros. Même si – elle se pencha vers lui, ses talons lui offrant les quelques centimètres nécessaires pour que ses lèvres se trouvent à la bonne hauteur – je suis très contente que tu sois venu.

Pas aussi contente qu'une certaine partie de son anatomie en la sentant proche de lui.

— Nous ne restons pas. Je suis simplement venu te chercher.

Elle pivota dans ses bras, lui présentant à nouveau son dos et un cul qui se frottait contre lui de manière très séduisante.

— Partir ? Déjà ? Mais je m'amuse là.

Techniquement, lui aussi. Cependant, il était temps que Meena comprenne que le clan avait des règles.

En tant qu'oméga, c'était à lui de les appliquer. Règle

numéro un – du moins en ce qui concernait Meena – : ne pas s'attirer d'ennuis.

— Que tu t'amuses ou pas, on s'en va avant que ton ex-fiancé ne débarque et ne nous fasse une scène.

Elle rigola.

— Oh, ne t'inquiète pas pour ça. Dmitri ne fera rien en public. Il a beau être un patron du crime, il sait bien qu'il ne vaut mieux pas briser les règles qui régissent notre espèce.

Les règles qui stipulaient qu'aucun métamorphe, quelle que soit sa caste, ne ferait rien qui puisse attirer l'attention sur lui. Une règle mise en place par le Grand Conseil qui n'aimait pas faire preuve de clémence.

— Comment peux-tu être sûre qu'il ne tentera rien de fou en public ? Il a déjà essayé de te kidnapper dans la rue.

— Oui c'était assez vilain de sa part, je l'admets.

— La prochaine fois qu'il essaiera, tu n'auras peut-être pas autant de chance. À moins que tu n'aies envie d'épouser ce type finalement ?

Elle se retourna vers lui, les lèvres pincées.

— Mon Chou, comment tu peux dire ça ? Je t'ai dit que nous étions destinés à être ensemble.

Leo décida d'agir de façon sournoise. Vicieuse. Ou ne pourrait-il pas plutôt qualifier ça d'agréable ?

— Si tu en es si sûre, alors pars avec moi. Maintenant. Allons chez moi.

Il vit dans la lueur de ses yeux qu'elle pensait qu'il avait enfin succombé, qu'il était sur le point de la séduire et de faire l'amour à son corps délicieux et voluptueux.

N'est-ce pas le cas ? Son félin semblait penser que c'était ce qu'ils allaient faire.

Non. C'est juste pour qu'on puisse la faire sortir d'ici avant que...

La myriade d'odeurs dans la boîte fut l'unique raison pour laquelle il ne sentit pas ce gars arriver avant qu'un inconnu ne fasse tournoyer Meena vers lui, osant poser ses mains sur elle et la voler pour une danse. Une danse avec un rythme lent qui permit à l'inconnu de se balancer contre elle.

Pour sa défense, Meena ne semblait pas ravie par ce changement de partenaire. Mais elle ne fit rien non plus pour s'écarter. Elle continua de danser avec les mains d'un autre homme posées sur elle.

Inspire. Expire. Concentre-toi sur autre chose que sur le fait que les mains de cet inconnu s'attardent un peu trop sur la partie supérieure de ses fesses. Inspire. Expire. Ignore à quel point cet autre homme est en train de serrer Pen contre lui.

Arrache-lui le visage.

Il ne devrait pas. Il ne pouvait pas. Il était en public. Elle ne lui appartenait pas. Il n'avait aucune excuse pour être jaloux. Aucune vraie raison de craquer.

Bla. Bla. Leo n'en avait rien à faire.

Son sang se mit immédiatement à bouillir. Il vit rouge et son ligre remonta assez près de la surface pour lui faire émettre un grognement qui n'avait rien d'humain.

Arrête de la toucher.

Faisant seulement trois pas, Leo rejoignit le couple dansant et tapota sur l'épaule de l'usurpateur, vêtu de soie noire.

L'étranger, qui à cette distance sentait clairement le tigre, tourna la tête et, levant un sourcil d'un air dédaigneux, lui dit :

— Casse-toi. Cette demoiselle est prise.

Oh que oui elle était prise. *Elle est à moi.*

Bon sang. Avec ses affirmations constantes, elle avait même fini par le convaincre que oui, elle lui appartenait. Laissant ce dilemme de côté, il se focalisa sur le problème actuel.

— Tu es Dmitri, c'est ça ?

Son accent quand il avait parlé et l'exaspération sur le visage de Meena l'avaient trahi.

— C'est ça et pour ta gouverne, avant que tu ne fasses quoi que ce soit, le Grand Conseil m'a autorisé à être sur ce territoire. Je suis ici pour des raisons professionnelles.

— Professionnelles ? ricana Leo, chose qu'il n'avait pas l'habitude de faire. Je ne crois pas que le fait de danser soit quelque chose de très professionnel.

— Tu comptes empêcher un homme de se faire un peu *plaisir* ?

Ce connard de Russe ronronna presque ces mots en attirant Meena plus près de lui.

Au moins, elle ne semblait pas ravie de la présence de Dmitri. Avec un coup de coude vif, elle lui fit relâcher son emprise.

— Tu veux bien arrêter de faire l'anaconda en me serrant comme ça ? Ce n'est pas parce que je ne t'ai pas cassé le nez quand tu as interrompu ma danse avec mon Chou que tu as le droit de me toucher. Ça – elle désigna son corps du doigt – ça, n'appartient qu'à un seul homme.

Inclinant la tête dans sa direction, elle rejoignit Leo.

Son bras s'enroula automatiquement autour d'elle avec possessivité. D'un air protecteur.

La mienne.

Oups, il avait peut-être dit ça à voix haute.

— La tienne ? dit Dmitri en levant un sourcil. Pourtant je ne vois aucune marque indiquant que tu l'as revendiquée, ni aucune bague, ce qui fait que le jeu est équitable pour la jolie Meena.

— Elle ne veut pas de toi.

— Pour l'instant. Elle changera d'avis.

Dmitri n'avait absolument pas l'air perturbé par le fait que Meena ne semblait pas du tout intéressée.

— Arik et le reste du clan ne vont pas te laisser la kidnapper.

Même s'ils n'auraient plus grand-chose à punir une fois que Leo se serait occupé de ce connard de Russe.

— Tu es sûr de ça ? J'ai mentionné à ton alpha que je voulais que Meena devienne ma femme. Et il m'a dit bonne chance.

— Meena ne repartira pas avec toi.

— Et qui m'empêchera de la prendre ? Elle n'est pas revendiquée et elle m'a juré qu'elle m'épouserait. Tu ne peux pas la surveiller vingt-quatre heures sur vingt-quatre. Tu finiras par baisser ta garde. Je viendrai la prendre quand tu auras un moment de faiblesse. Je l'attacherai et la bâillonnerai et la ferai partir pour la Russie où je connais un prêtre qui n'est pas très pointilleux sur les termes « Je le veux ». Et cette même nuit, je planterai ma semence et elle m'appartiendra.

À chaque mot, la colère de Leo s'intensifiait. Encore et encore. Jusqu'à ce qu'il craque.

— J'ai dit qu'elle était à moi !

Les mots jaillirent en même temps que son poing.

Et ce soir-là, ce fut à nouveau une première pour Leo. Car lui qui était d'habitude si calme et posé, déclencha une bagarre très violente et publique.

Grrr !

CHAPITRE DOUZE

Oh merde, on va encore dire que c'est de ma faute.
Mais bon, à chaque fois que c'était la merde, c'était toujours de la faute de Meena. Sauf que, cette fois-ci, techniquement elle n'avait pas provoqué cette bagarre. Elle s'était d'ailleurs trouvée très mature quand elle s'était abstenue de réagir au moment où Dmitri lui avait cassé son coup alors qu'elle dansait sensuellement avec Leo. La première chose dont elle avait eu envie était de griffer son visage avec ses ongles, avant de tirer sur ses longs cheveux et de lui faire baisser la tête pour ensuite le frapper de manière répétitive avec son genou.

Mais Leo méritait une vraie dame et les dames ne cassaient pas la gueule de leur ex-petit ami pour avoir interrompu une danse. Apparemment, les nouveaux petits amis avaient ce privilège.

Meena resta bouche bée pendant que Leo et Dmitri se battaient. Elle ne s'était pas attendue à ce que les choses dégénèrent aussi vite en bagarre.

Mais elle s'était attendue à ce qu'ils se disputent. En

tout cas, c'était tout ce qui aurait dû se passer. C'était habituellement le MO de Leo – qui, pour celles qui n'étaient jamais sorties avec un flic, signifiait *modus operandi,* c'est-à-dire le mode opératoire, la façon dont un suspect perpétrait son crime. Mais revenons-en à Leo et la façon dont il avait rompu avec sa sérénité. Elle avait passé une bonne partie de la journée avec les lionnes, et leur avait posé des questions sur son Chou et la seule chose qu'elles avaient toutes unanimement affirmée, c'était qu'il était le gars le plus équilibré de tous les temps.

Certes, parfois il cognait quelques têtes les unes contre les autres ou fixait les petits de son air le plus sévère jusqu'à ce qu'ils promettent de bien se comporter. Sauf qu'il est important de souligner qu'il agissait de la sorte pour maintenait la paix, pas pour la briser. Leo ne tolérait jamais la violence, sauf s'il n'y avait aucun autre recours. Il était le premier à préconiser le calme et à compter jusqu'à dix, ou bien à frapper un mur au lieu d'un visage.

Mais là, elle ne l'avait pas entendu compter. Il n'avait frappé aucun mur, à moins que la tête dure et bornée de Dmitri ne compte.

Paf !

— Ouais !

Eh oui, c'était bien elle qui encourageait son Chou à voix haute. Comme il ne semblait pas l'avoir entendue, elle le dit encore plus fort, le cria même.

— Vas-y mon Chou ! Montre-lui qui est le plus gros et méchant matou du coin !

Leo tourna la tête, plissant ses yeux bleus vers elle.

Complètement énervé. Complètement surexcité et shooté à l'adrénaline. Complètement sexy.

— Pen !

Comme son surnom semblait sexy quand il le prononçait en grognant.

Elle voyait bien qu'il appréciait totalement ses encouragements. Elle agita sa main vers lui, voulant lui dire : « De rien ! », mais à la place elle cria :

— Derrière toi !

Durant ce moment d'inadvertance – pour lequel Leo n'aurait jamais dû se laisser déconcentrer – Dmitri lança un coup de poing puissant.

Avait-elle précisé à quel point son Chou était grand ? *Soupir.* Le coup parfaitement visé toucha Leo en pleine mâchoire, et l'impact fit brusquement pencher sa tête sur le côté. Mais il ne le fit clairement pas tomber. Pas même un peu. Au contraire, le coup réveilla le prédateur en lui.

Alors qu'il tournait la tête, Leo dirigea son regard vers elle, ses yeux brillèrent d'un éclat sauvage, sa lèvre tressauta presque d'amusement, puis, il agit. Il riposta avec son poing, puis avec son coude, frappant Dmitri au niveau du nez.

N'importe quel homme, même un métamorphe, aurait été rapidement vaincu, mais le tigre russe de Sibérie faisait totalement le poids face à ce ligre hybride.

Mettez-les sur un ring et ils rapporteraient une fortune. En tout cas, c'était un sacré spectacle.

Du sang coulait de la lèvre de Dmitri, là où Leo l'avait frappé du poing. Cependant, cela n'empêcha pas le Russe de lui rendre la monnaie de sa pièce. En termes de taille, Leo était légèrement avantagé, mais ce qui manquait à Dmitri en termes de carrure, il le compensait avec son habileté.

Même si Meena n'avait pas l'intention de l'épouser, cela ne voulait pas dire qu'elle ne pouvait pas admirer les mouvements gracieux de Dmitri et son étonnante intuition quand il s'agissait d'esquiver les coups.

Leo ne se débrouillait pas trop mal non plus. Même s'il n'avait clairement pas grandi dans les rues dangereuses de Russie, il savait donner des coups, se battre contre un homme et avoir l'air sexy alors qu'il défendait sa femme.

Elle soupira. Un homme à sa rescousse. *Comme ces romans d'amour que Teena aime lire.*

Luna se glissa à côté d'elle.

— Qu'est-ce que tu as encore fait ?

Pourquoi est-ce que tout le monde pensait toujours que c'était de sa faute ?

— Je n'ai rien fait.

Luna ricana.

— Ben bien sûr. Et ce n'est pas non plus toi qui as versé du Kool-Aid[1] dans la bouteille de shampoing de la mère d'Arik, teignant ses cheveux en rose, lors du pique-nique familial il y a quelques années.

— J'ai trouvé que ses cheveux courts après qu'elle se soit rasé la tête étaient superbes.

— Je n'ai jamais dit que le résultat final n'en valait pas la peine. Je suis juste totalement intriguée par ce qui est en train de se passer. C'est bien Leo qui est en train de mettre une raclée à ce diplomate russe n'est-ce pas ?

Comme je doute fortement qu'ils soient en train de s'affronter pour déterminer celui qui fait la meilleure vodka ou qui méritait la médaille d'or de hockey aux derniers jeux Olympiques d'hiver, il ne reste plus qu'une seule possibilité, dit Luna en la fixant du regard. C'est de ta faute.

Meena haussa les épaules.

— OK, peut-être que je suis un tout petit peu responsable. Genre, peut-être que j'ai fait en sorte que mon ex-fiancé et mon fiancé actuel se rencontrent.

— Non, sans blague ! Ça, je le savais déjà. Ce que je veux dire, c'est comment t'as fait pour que Leo pète les plombs ? Je veux dire que quand il prend son air sérieux, tu ne pourrais même pas faire fondre un glaçon sur sa langue. Leo ne perd jamais le contrôle, il pense qu'à perdre le contrôle on se perd soi-même ou une connerie du genre. Il nous sort toujours de drôles de dictons dans l'espoir de freiner notre côté sauvage.

Chou avait vraiment la personnalité la plus mignonne qui soit.

— Qu'est-ce que tu veux que je te dise ? dit Meena en haussant les épaules. J'imagine qu'il est devenu jaloux. C'est totalement normal, étant donné que nous sommes des âmes sœurs.

— Quelle que soit la raison de son pétage de plombs, apparemment il fait beaucoup d'effet. Enfin, pour moi il est comme un frère, donc je ne m'en rends pas vraiment compte, mais t'entendrais les filles au bar... Elles sont en train de débattre sur qui, entre Dmitri et Leo est le plus sexy.

— Elles débattent sur quoi ?!

Meena pivota en direction du bar pour jeter un coup d'œil. Effectivement, un groupe de femmes s'était réuni, ignorant leurs rencards et les autres mecs pour reluquer les deux hommes qui se battaient.

Elles sont en train de mater mon homme.

Grrr.

Il était temps de faire exploser cette boîte de nuit.

Avant même que les videurs ne puissent séparer Leo et Dmitri, Meena plongea au cœur de la bagarre, se jetant littéralement entre les deux hommes. Mais heureusement, ils avaient assez de réflexes pour stopper leurs coups au dernier moment.

— Pen, mais qu'est-ce tu fais bon sang ? Tu ne vois pas que je suis occupé, là ? grommela Leo.

— C'est un truc d'hommes, ne t'en mêles pas *lyubov moya*.

Elle comprenait désormais pourquoi les gens allaient en prison pour meurtre. L'obstination de cet homme suffisait à la rendre violente – volontairement et non pas accidentellement pour une fois.

— Mais tu vas arrêter Dmitri ? Admets-le. Tu as perdu. Tu m'as perdue, moi et cette bataille. J'appartiens à Chou maintenant et comme tu peux le voir, il n'aime pas partager, dit-elle s'adressant à Leo qui avait l'air délicieusement chiffonné avec ses cheveux hirsutes, sa peau rouge et sa lèvre inférieure gonflée qui avait bien besoin d'un baiser.

— Ouais, Dmitri, le nargua Leo. Elle est à moi. Rien qu'à moi. Et la seule chose que je partagerai, c'est une douche avec elle. Alors va te faire foutre.

Une douche ? Avec Leo ? Pourquoi perdaient-ils encore du temps à discuter putain ?

— Ce n'est pas terminé, l'avertit Dmitri.

— Et ben vas-y, amène-toi espèce de boule de poils russe. Tu sais où j'habite. Viens me rendre visite quand tu veux, le défia Leo.

— Mais vous avez fini de dire de la merde ? s'énerva Luna qui se faufilait entre les spectateurs pour venir les interpeller. Une putain de mauviette a appelé les flics. Donc à moins que vous ne vouliez passer la nuit en garde à vue, vous feriez mieux de quitter les lieux.

Les flics ? Oh merde. Meena avait intérêt à sortir d'ici. Avec son casier judiciaire, ils l'arrêteraient probablement aussi, pour la bonne cause. Il était temps de partir, mais pas sans Leo.

L'attrapant par le tee-shirt, Meena le tira vers la sortie. Vu leur célébrité éphémère – « Hé, regardez la taille du gars qui se battait avec l'autre type » – elle n'eut pas besoin de batailler ni de pousser pour qu'ils puissent traverser la foule.

La mer de corps s'écarta comme par magie devant eux.

Tant mieux, parce que s'ils agissaient assez rapidement, ils pourraient sortir d'ici avant que les flics ne débarquent et que la situation, jusqu'à présent gérable, ne devienne un gros problème.

Non, mais regardez-moi, j'essaie de ne pas m'attirer d'ennuis. Sa mère ne serait-elle pas fière ? Juste après avoir crié sur Meena pour avoir déclenché une bagarre. Mais pour sa défense… non, Meena n'avait pas d'excuse. Elle avait bien aimé ce feu d'artifice.

Il pouvait le nier autant qu'il voulait. Leo la désirait.

Cette fois-ci, quand elle enroula ses doigts autour des siens, il ne les retira pas. Au contraire, il serra ses doigts dans sa main. Mais il ne dit pas un mot, même lorsqu'il se dirigea vers leur destination.

— Où allons-nous ? demanda Meena.

— Je suis garé juste là.

Par juste là, il voulait parler d'un parking payant où une grande Chevrolet Suburdan prenait deux places. Levant ses clés en direction du véhicule, il appuya sur un bouton et les feux arrières clignotèrent. Meena se dirigea automatiquement vers le siège passager et fut surprise quand elle vit que Leo l'accompagnait.

Il ouvrit la porte puis la saisit par la taille pour la faire monter.

La surprise était-elle visible sur son visage ?

— Merci, dit-elle par politesse, même si elle n'avait pas vraiment besoin d'aide.

Il grogna.

Hum. Elle ne savait pas vraiment ce que cela signifiait alors elle mit sa ceinture pendant que Leo contournait le véhicule et glissait sur le siège côté conducteur.

Mais il ne démarra pas la voiture tout de suite. Il regarda à travers le pare-brise, ses doigts enserrant le volant.

Elle attendit. *Quand un homme est en train de réfléchir, il faut que tu le laisses tranquille.* Du moins, c'était ce qu'avait aboyé son père plus d'une fois quand elle venait frapper à la porte de la salle de bains, interrompant ses pensées.

Lorsque Leo prit enfin la parole, ce fut pour poser une question.

— Pourquoi Dmitri est-il si déterminé ?

— Parce qu'il ne comprend pas que non, c'est non.

— Clairement, mais je voulais dire, pourquoi toi ? Ce mec a visiblement de l'argent, il n'est pas vilain et il a du pouvoir. Il pourrait avoir n'importe quelle femme. Pourquoi est-il si obsédé par toi ?

N'importe quelle autre femme aurait pu être vexée qu'un homme lui demande ce qu'elle avait de si particulier. Vu la façon dont Leo réagissait avec elle, il était évidemment conscient de son charme, mais là, Dmitri était moins obsédé par le fait qu'elle soit géniale, il était plutôt amoureux de...

— Mes hanches.

— Quoi ?

— Dmitri me veut pour mes hanches. Parce qu'elles sont larges. Genre assez larges pour l'accouchement.

Leo cligna des yeux.

Donc elle lui expliqua.

— C'est un gars assez costaud, donc il est possible qu'il fasse de gros bébés. Mais il n'aime pas ce côté incertain. Il *veut* avoir de gros bébés. Il se dit que, si en tant que tigre de grande taille, il s'accouple avec une lionne de grande taille, il y a de fortes chances qu'il conçoive un tigre géant. Tu sais, un hybride de notre espèce, un peu comme toi, mais à l'inverse.

— Il veut se servir de toi comme une poule pondeuse ?

Elle fronça le nez.

— Plus ou moins, c'est pour ça que j'ai refusé de l'épouser, quelle que soit la somme d'argent qu'il promet de verser.

— Il a essayé de t'acheter ?

— De m'acheter. De me menacer. De me séduire.

Ooh, oui, son homme venait bien de rugir.

Elle se laissa retomber dans son siège et posa une main sur sa cuisse tout en le regardant droit dans les yeux.

— Tu es tellement sexy quand tu es jaloux, mon Chou.

— Je ne suis pas jaloux.

— Ah bon ? J'ai pourtant cru que c'était pour ça que tu avais déclenché la bagarre. Même si je suis assez surprise que tu aies mis si longtemps à le faire après qu'il m'ait touché le cul.

— Il t'a touché le cul ?!

Elle atténua le choc avec un baiser. Ah oui, voilà, elle retrouvait ce feu grésillant qu'elle avait ressenti lors de leur dernier baiser.

Les lèvres s'entremêlèrent et glissèrent l'une contre l'autre, goûtant, mordillant, éveillant leurs sens. Elle se pencha vers lui, le plus près possible, sa foutue ceinture de sécurité l'empêchant de venir se poser sur ses genoux.

Attendez, quelle ceinture ? Avec un clic, celle-ci se détacha, la libérant et avant même qu'elle ne puisse profiter de sa liberté, il la traîna sur l'accoudoir central.

Compte tenu de leur taille, ce n'était pas la position la plus confortable. Le volant lui rentrait dans le dos, ses jambes pendaient par-dessus l'accoudoir, mais on s'en fichait non ? Elle était sur les genoux de Leo, en train de l'embrasser, de le toucher.

Et il la touchait aussi.

Ses mains parcouraient son corps, la marquant à travers le tissu soyeux de sa robe. Sa main large glissa le long de sa cuisse, se frayant un chemin sous sa jupe courte.

Ses doigts caressèrent le tissu recouvrant le V entre ses cuisses. Elle inspira profondément. L'anticipation picotant toutes ses terminaisons nerveuses.

Il frotta deux doigts épais contre le tissu mouillé de sa culotte. Pouvait-il sentir ce frémissement d'excitation ? À en juger par son grondement satisfait, oui.

Il caressa à nouveau et elle gémit dans sa bouche, un son qu'il avala et...

Toc. Toc. Toc.

— Hé, Leo, ça te dérange pas de nous ramener une fois que t'auras fini de te jeter sur notre Meena ?

— Allez-vous-en ! hurla Meena. Je suis occupée là !

— On doit partir combien de temps ? Deux minutes ? Cinq ? J'ai assez faim et je n'ai pas envie d'attendre trop longtemps.

Heureusement que Leo était costaud, sinon le clan aurait pu perdre trois lionnes lorsqu'elle plongea vers la porte, prête à les tuer.

Puis elles faillirent mourir à nouveau quand ils arrivèrent à la résidence et que Meena réalisa que Leo ne la rejoindrait pas dans sa chambre afin de finir ce qu'ils avaient commencé.

Contrariée, frustrée et vexée, elle fit ce que n'importe quelle femme qui se respecte fait dans ce genre de situation. Elle se saoula avec ses nouvelles meilleures amies et engloutit des pots de glaces entiers.

Puis elle perdit connaissance. Quelque part. Seule.

---

1. Kool-Aid est une marque d'un mélange de boissons artificiellement aromatisées

CHAPITRE TREIZE

Convoqué dans la suite du penthouse pour se faire remonter les bretelles. C'était une première pour Leo, celui qui faisait appliquer les règles. D'habitude, c'était lui qui donnait des sermons ou celui qui était la voix de la raison quand Arik s'en prenait à un individu.

Sauf que cette fois-ci, c'était Leo qui était assis sur le canapé de la honte en tant que coupable.

Agité, Arik faisait les cent pas devant lui, un homme grand, dont la coupe de cheveux était impeccable, grâce à sa femme qui était coiffeuse.

— Mais à quoi tu pensais bon sang en déclenchant une bagarre comme ça en public ?

Il n'avait pas vraiment pensé à vrai dire, du moins pas avec son cerveau d'humain. L'instinct primaire en revanche, ça, c'était autre chose.

— Désolé.

Il fit ce qu'il conseillait toujours aux autres : il s'excusa.

— Désolé ?

Hayder, qui les avait rejoints pour cette réunion impromptue, se mit à rire. Puis rit encore plus en s'asseyant sur le canapé aux côtés de Leo qui tenait une poche de glace contre sa mâchoire. Merde, on pouvait dire que ce tigre savait donner des coups ! Ce n'était pas souvent que Leo rencontrait quelqu'un capable de l'affronter. Cette ecchymose en était la preuve. Quant à la poche de glace, même si la blessure disparaîtrait d'ici un ou deux jours, le froid permettait de limiter l'inflammation.

Bizarrement, il ne s'était pas rendu compte de ses blessures quand il avait embrassé Meena dans sa voiture, une séance de baisers cruellement interrompue. Pire encore, il avait presque laissé Meena punir celles qui avaient osé les interrompre.

Il avait presque rugi en utilisant sa voix d'oméga pour dire à ses lionnes :

— Cassez-vous d'ici !

Mais il ne l'avait pas fait. Seulement parce que Meena avait réagi en premier.

Je mérite ce sermon de la part du patron. Il avait perdu le contrôle et avait presque enfreint les règles, même celles qui n'étaient pas écrites et qu'il avait inventées comme : « Pas touche aux lionnes » surtout celles qui avaient un lien de parenté avec l'alpha.

— Désolé. Tu es désolé ? dit Arik qui ne put s'empêcher de prendre un ton incrédule.

Hayder vint à sa rescousse. Plus au moins.

— Mec, depuis le temps que je te connais, c'est la première fois que tu es convoqué pour avoir causé des problèmes. Et pour une femme en plus ?

Hayder tomba presque du canapé tellement il riait.

Ce n'était pas n'importe quelle femme...

— C'est à cause de Meena ?! s'écria Arik, totalement abasourdi avec une voix bien plus aigüe qu'auparavant. Meena ? Meena, ma cousine, cette catastrophe ambulante ?

Leo n'était pas un lion lâche qui comptait fuir et ne pas dire la vérité.

— Oui. Le tigre me l'avait prise.

Et il voulait la récupérer.

— Pourquoi tu ne l'as pas laissé la prendre ? Au lieu de ça elle a causé un incident international.

— Ce n'était pas de sa faute.

— Elle était sur place ?

— Ouais, mais c'est moi qui ai perdu le contrôle.

Et il le perdrait probablement à nouveau si ce trou du cul de Russe s'approchait encore de Meena.

Arik tourna les talons pour le regarder droit dans les yeux.

— Ouais, t'as totalement perdu le contrôle. Et tu m'as causé une tonne de problèmes. Tu as quand même attaqué un diplomate russe sur notre territoire, alors qu'il avait le droit d'être ici.

— C'est un criminel.

Arik haussa les épaules.

— En Russie peut-être. Mais ici c'est un homme d'affaires. Un homme d'affaires qui s'est fait attaquer par l'oméga de mon clan.

— Qu'est-ce que je peux faire pour arranger les choses ?

S'excuser ? Il était assez mature pour le faire. Le payer ? Il avait de l'argent de côté en cas de problème.

— On pourrait lui donner Meena, songea Arik à voix haute.

Qui venait de grogner ? Certainement pas lui.

— Oh merde. Alors les rumeurs sont vraies. Meena est ta compagne putain, dit Hayder qui ne semblait plus si amusé. Non. Dis-moi que c'est pas vrai. Si tu la revendiques, alors ça veut dire – il déglutit avec peine – qu'elle va rester ici. Genre, pour toujours. Nooooooon !

Mais Hayder n'était pas le seul à considérer la situation dramatique. Arik le regarda, d'un air douloureux.

— S'il te plaît, *s'il te plaît*, dis-moi que tu ne comptes pas vraiment t'accoupler avec elle. Je ne suis pas sûr que l'on puisse supporter que Meena soit ici tout le temps.

— Mec, c'est une catastrophe ambulante, commenta Hayder.

— Un aimant à problèmes, ajouta Arik alors qu'Hayder acquiesçait.

— Un véritable ouragan.

— Une force destructrice, plus puissante que Mère Nature.

Leo leva la main.

— Hum, les gars je vous conseille d'arrêter avant que je ne fracasse vos crânes l'un contre l'autre. Vous ne m'apprenez rien, mais..., soupira-t-il. J'ai bien peur, très peur même, qu'elle n'ait raison. Je crois qu'elle est mon âme sœur.

C'est pas trop tôt, enfin tu l'admets.

Va te faire voir. Il se fichait que son ligre se mette à bouder dans sa tête. Admettre qu'il allait sûrement se retrouver coincé avec cette Meena agaçante ne voulait pas dire qu'il allait céder sans se battre.

Il était temps pour lui d'inverser la situation. De prendre les commandes.

Désormais, il allait reprendre le contrôle, mettre en place de nouvelles règles, puis s'amuser en forçant Meena à les respecter. Et si elle dépassait les limites qu'il aurait fixées, elle serait punie. Une punition sensuelle, érotique, juste pour elle.

Grrr !

CHAPITRE QUATORZE

Les cloches de l'enfer se mirent à sonner, une cacophonie de bruits qui obligea l'armée de démons dans sa tête à donner de plus grands coups de marteau.

Oh, faites que ça s'arrête.

Pourtant, la sonnerie stridente persista. Encore et encore.

Puis elle s'arrêta enfin.

Ah, quel bonheur. Elle blottit son visage plus profondément dans l'oreiller. Encore quelques minutes supplémentaires de sommeil. Ah, ce précieux sommeil... Elle ronfla.

Un ronflement qui fut interrompu lorsqu'elle se réveilla en sursaut à cause de cette sonnerie insistante qui reprit. Bizarrement, celle-ci semblait être de plus en plus forte. De plus en plus proche. Proche de son visage. Elle chercha à frapper cet appareil électronique qui osait l'empêcher de dormir pour se débarrasser de sa gueule de bois.

Elle balança le bras et rata son coup. Foutus réflexes à moitié-endormis. Elle tendit la main pour le frapper à nouveau. Étrangement, elle le rata, comme si le téléphone avait bougé ce qui, vu ses pirouettes de la nuit dernière après avoir copieusement bu, n'était pas impossible. En tout cas, le sol avait semblé déterminé à se déplacer sous elle.

Bip.

La sonnerie s'arrêta. Merci chère boîte vocale.

Maintenant elle pouvait retourner...

Dring. Dring.

Argh !

Mais qui l'appelait ? Peut-être était-ce important. Peut-être que là tout de suite, elle s'en fichait. Tout ce qu'elle voulait c'était que ce foutu truc arrête ce bruit agaçant. Elle avait vraiment envie de l'écraser, mais ses paupières lourdes ne voulaient pas s'ouvrir, ce qui voulait dire que le téléphone avait le droit de vivre encore un peu. Pour l'instant.

Comme si son téléphone était vexé qu'elle l'ignore, il sembla se rapprocher. *Dring. Dring.* Puis sonner encore plus fort.

— Va-t'en, marmonna-t-elle. Je dors.

Son carillon agaçant s'estompa une fois de plus pour finalement basculer sur la boîte vocale.

Puis il bipa à nouveau pour l'avertir qu'elle avait un message. Comme elle reconnut la sonnerie stridente, elle savait exactement qui essayait de l'appeler.

Désolée Maman, mais je ne suis pas d'humeur là.

S'étant couchée tard, très tard, car elle était restée avec les filles pour boire et manger, se moquant du pétage de plombs de Leo en boîte de nuit et se lamentant sur la façon dont il l'avait jetée, elle n'était pas encore d'humeur à affronter la journée. Et encore moins prête à affronter sa mère.

Dring. Dring. Et c'est reparti. De nouveau ce bruit agaçant et fort.

Mais ce qu'elle ne comprenait pas, c'était pourquoi son téléphone semblait si proche. Elle était pourtant sûre de l'avoir laissé sur la table de l'entrée quand elle était rentrée en titubant hier soir, ayant à peine réussi à actionner l'ascenseur avec tous ces fichus boutons.

Que ce soit sur le sol ou la table, peu importe, le téléphone n'était pas censé sonner juste au-dessus de sa tête dans sa chambre. Hé, elle avait réussi à atteindre le lit. Un sacré bonus !

— Debout, debout, Pen. Tu ne comptes pas répondre ? C'est ta mère et c'est la quatrième fois qu'elle appelle. Tu préfères que je lui dise que tu es indisposée ?

Attendez une seconde. Il ne fallut pas longtemps à son esprit embrumé pour comprendre que Leo était là. Dans sa chambre. À deux doigts de parler à sa mère à – elle loucha en direction de son réveil – sept heures du matin.

Hii.

Elle ouvrit grand les yeux, mais avant qu'elle ne puisse tendre un bras dans sa direction et exiger le téléphone, il répondit.

— Téléphone de Meena, j'écoute. Comment puis-je vous aider ?

Elle gémit, grâce à son ouïe développée, elle entendit sa mère répondre poliment :

— Excusez-moi, mais qui êtes-vous et pourquoi répondez-vous au téléphone de ma fille ?

Si Meena avait été à sa place, elle aurait répondu quelque chose comme « Je suis un tueur en série et pardon, mais votre fille est actuellement ligotée. Mouhahahaha. »

Évidemment, la dernière fois qu'elle avait fait ça, les forces de l'ordre n'avaient pas été très impressionnées et elle n'avait plus été autorisée à voir Mary Sue.

Mais elle pouvait compter sur son Chou pour dire la vérité.

— Je suis Leo.

— Bonjour, Leo. Comment allez-vous aujourd'hui ?

Pff, sa mère était la reine des bonnes manières.

— Je vais trrrrrès bien, ronronna-t-il. Et vous ?

— Hum. Euh. Pourriez-vous passer le téléphone à Meena, s'il vous plaît ?

— J'aimerais bien, mais disons qu'elle est un petit peu... *indisposée.*

Avait-elle rêvé ou bien venait-il d'afficher un rictus ?

Elle fronça les sourcils.

Il sourit. C'était un sourire très sexy, un sourire espiègle, mais ce ne fut pas pour autant qu'elle s'attendait à ce qu'il dise :

— Et si je lui demandais plutôt de vous rappeler une fois que nous aurons retrouvé ses vêtements ? Avec mon aide, je suis certain qu'elle pourra se rhabiller en un temps record. Ou pas.

Comme sa voix était rauque et sensuelle quand il prononça ces mots, la regardant droit dans les yeux, des yeux emplis d'une promesse malicieuse.

Bien évidemment, cette promesse allait devoir attendre, vu ce qu'il venait de dire à sa mère !

— Mais tu es cinglé ou quoi ? dit-elle sans bruit.

— Si je suis cinglé, c'est totalement de ta faute, répondit-il, à voix haute.

Oh, oh.

— Peter ! J'ai besoin de toi, tout de suite !

Sa mère oublia les bonnes manières et appela le père de Meena en hurlant.

Ça ne sentait pas bon. Pas bon du tout. Pauvre Leo. Elle qui l'aimait tellement. Même si cela n'allait être qu'une attaque verbale, elle tira les couvertures par-dessus sa tête pour ne pas être témoin de ce carnage alors que son père prenait le combiné. Malheureusement, elle l'entendit quand même.

— C'est qui bordel et que faites-vous avec ma fille ?!

Papa ne s'embarrassait pas des formules de politesse

— Bonjour monsieur, je suis Leo l'oméga du clan, j'héberge votre fille le temps que ses soucis se règlent. Quant à ce que je fais avec votre fille, j'essaie de lui éviter d'avoir des ennuis, mais je n'y arrive pas très bien jusqu'à présent. Il semblerait qu'elle ait un don pour provoquer des désastres.

Un rire familier éclata.

— Ça, c'est ma fille chérie.

Au moins, son père ne considérait pas que ce chaos qu'elle semait partout était un problème. Sa mère en revanche se plaignait qu'elle ne se marierait jamais si elle ne se comportait pas comme une vraie dame.

— Et si je suis avec votre fille, c'est simplement pour garder un œil sur elle. Nous avons eu quelques soucis avec l'un de ses anciens fiancés qui l'a suivie jusqu'ici.

— Ce con de Russe a débarqué ?

— En effet. Et les choses ont vite dérapé, c'est pourquoi je crains qu'il ne reste plus qu'une seule chose à faire. C'est assez drastique, mais inévitable.

Le claquement de la porte coupa le reste de la conversation.

C'est quoi ce délire ? Elle sortit la tête et constata que sa chambre était vide. Pendant que Meena se cachait sous les couvertures, Leo était parti.

Il est toujours en train de parler à mon père.

Ça ne présageait rien de bon. Ça ne s'était jamais bien terminé pour ses anciens petits amis. Frederick changeait encore de trottoir s'il avait le malheur de les croiser dans la rue.

Sortant de sous les couvertures, elle se précipita vers la porte de la chambre et l'ouvrit en grand. En entrant dans le salon, elle observa les alentours pour trouver Leo mais ne le vit pas.

Où était-il parti ?

L'espace ouvert ne disposait pas de beaucoup d'endroits pour se cacher. La porte ne possédait pas de judas, alors elle l'ouvrit et jeta un coup d'œil dans le couloir.

Pas de Leo.

Il n'était pas non plus dans les toilettes.

Elle fronça les sourcils en se retournant. L'avait-elle imaginé ? Avait-elle également imaginé cette conversation téléphonique ? Peut-être qu'elle était toujours en train de dormir.

Une soudaine brise la fit se retourner et elle vit son

homme revenir du balcon, les rideaux tirés ayant caché sa présence dehors.

Il ne tenait plus le téléphone contre son oreille. Apparemment, il avait fini de parler puisqu'il jeta le téléphone sur le canapé.

Papa n'avait pas dû le réprimander trop violemment car il ne tremblait clairement pas de peur et ne fit pas de signe de croix en la voyant. Mais elle se posait quand même des questions.

— Qu'as-tu dit à mon père ?

— Bonjour, Pen. T'as oublié quelque chose ?

Elle faillit lui demander de quoi il parlait jusqu'à ce qu'elle voit son regard de braise caresser son corps presque nu.

Oups. Avait-elle sauté du lit en ne portant qu'une culotte ? D'habitude, Meena ne faisait pas vraiment attention à la nudité et s'en fichait. Mère, en revanche, lui hurlait toujours dessus pour qu'elle s'habille.

Cette dernière et Leo avaient beaucoup de choses en commun.

— Tu devrais t'habiller.

— Pourquoi ? Je suis très à l'aise comme ça.

Tellement à l'aise qu'elle tira les épaules en arrière et s'assura de secouer un peu ses seins. Il le remarqua. Et il la fixa du regard.

Oh, mon Dieu. Il fait de plus en plus chaud ici ou quoi ?

Bizarrement, la chaleur de son corps n'empêcha pas ses tétons de durcir, comme s'ils avaient été exposés à une brise fraîche. Sauf que là, il s'agissait plutôt d'un regard ardent.

Leo imaginait-il sa bouche s'enrouler à un mamelon sensible, comme elle était en train de l'imaginer ?

— Même si je ne doute pas que tu te sentes à l'aise, si nous sortons dehors et que tu souhaites éviter de te faire arrêter pour indécence, tu ferais mieux de cacher tes attributs.

— Nous sortons ? Tous les deux ?

Il acquiesça.

— Où ça ?

— C'est une surprise.

Elle applaudit et cria :

— Ouais !

Pour finalement froncer les sourcils une seconde plus tard. Leo se comportait de manière très étrange.

— Attends une minute, ce n'est pas un de ces trucs où tu vas me bander les yeux en me disant que tu as une grosse surprise pour moi, pour finalement me jeter dans un train de douze heures direction le Kansas hein ? Ou un avion pour Terre-Neuve au Canada ?

Ses lèvres tressautèrent.

— Non. Je te promets que nous avons une destination et que je viens avec toi.

— Et est-ce que je serai de retour ici ce soir ?

— Peut-être. À moins que tu ne décides de dormir ailleurs.

Mais ces paroles énigmatiques ne furent pas les dernières.

— Retrouve-moi en bas dans le hall et sois prête dans vingt minutes, Pen. J'ai vraiment envie de te *prendre* avec moi.

Avait-il ronronné sur la fin ? Était-ce vraiment possible ?

Pouvait-il vraiment la taquiner plus que ça ? Pitié.

— Comment dois-je m'habiller ? Chic, décontracté, sexy ou élégant ?

Elle observa le short kaki de Leo et sa chemise à collerettes. Décontracté avec une pointe d'élégance.

Il avait l'air d'un gentleman, prêt à passer une journée au club de golf.

Et elle, elle voulait être son caddy corrompu qui lui ferait rater son tir pour l'attirer dans les bois et lui montrer ce que c'était que de viser juste.

— Tes vêtements n'auront pas d'importance, tu ne les porteras pas très longtemps.

Heureusement qu'elle était près d'un mur. S'appuyant dessus, elle se demanda s'il faisait exprès de la taquiner. Son Chou si sérieux réalisait-il l'impact que pouvaient avoir ses mots ?

Il s'approcha jusqu'à ce qu'il se tienne devant elle. Si près qu'elle aurait pu tendre la main et l'enlacer.

Mais elle ne le fit pas, seulement parce qu'il l'attira vers lui. Son odeur l'enveloppa. Ses mains se promenèrent sur la peau nue du bas de son dos, la marquant au fer rouge. Elle se pencha vers lui, comptant totalement sur lui pour la tenir alors que ses jambes tremblaient.

— Et le petit-déjeuner ? demanda-t-elle.

— J'ai des pâtisseries et du café dans ma voiture. Plein de friandises délicieuses avec du glaçage que l'on peut lécher.

Fixant sa bouche du regard, il n'y avait pour elle qu'une seule friandise qu'elle avait envie de lécher.

Hélas, elle n'en eut pas l'occasion. En lui tapant les fesses, il s'écarta et se dirigea vers la porte de l'appartement.

Leo. Vient. De. Me. Taper. Le. Cul.

Elle resta bouche bée devant son large dos qui battait en retraite.

— Ne me fais pas attendre. Je ne voudrais pas commencer sans toi.

Avec un clin d'œil – oui, un vrai clin d'œil – Leo ferma la porte derrière lui.

Il l'attendait. Pourquoi restait-elle immobile comme ça ?

Elle sprinta pour prendre une douche. Une fois dans la cabine vitrée, elle réalisa qu'elle avait oublié de lui demander de quoi il avait parlé avec son père. Ah le tigre rusé ! Il avait détourné son attention. Mais quand même, étant donné que Leo l'avait accueillie avec un sourire, soit les menaces de Papa ne l'avaient pas vraiment affecté – ce qui était courageux mais stupide, il ne fallait pas prendre les menaces de Papa à la légère – soit Papa l'aimait bien ?

Nan. Ça, ça n'arriverait jamais. Comme le disait toujours Papa, il n'y avait pas un seul homme assez bien pour sa fille chérie.

Heureusement que Meena avait tendance à ne pas écouter ses parents.

En un temps record, elle s'était douchée, avait relevé ses cheveux mouillés et avait dévalé les escaliers, trop impatiente pour attendre l'ascenseur. Une hâte presque incongrue, mais comme Leo pouvait changer d'avis à tout moment, elle se dit qu'il valait mieux ne pas le faire attendre.

Se précipitant dans le hall, elle masqua ses émotions. Leo se tenait là, avec quelques filles du clan, le téléphone contre l'oreille. Il parlait bas, trop bas pour qu'elle l'entende. Mais bon, dans tous les cas, avec son cœur qui battait à tout rompre elle n'aurait pas entendu grand-chose.

C'était fou, voilà qu'elle était nerveuse, se demandant ce qu'il avait prévu. Mais l'excitation pulsait également en elle.

Elle n'eut pas besoin de parler pour qu'il réalise qu'elle était arrivée. Se tournant vers elle, il lui fit un grand sourire.

Oh mon Dieu. Son sourire était plus mortel encore que ses coups de poing. Elle prit une grande inspiration, paralysée par cette chaleur qui envahissait ses membres. Pas étonnant qu'il ne montre jamais ses dents d'un blanc éclatant. Cet homme pouvait déclencher une putain d'émeute s'il se servait de ce sourire espiègle au mauvais endroit.

Pas touche. Le mien.

Sa lionne avait un plan très précis, au cas où quelqu'un réagisse trop familièrement à la beauté de Leo. Note mentale à elle-même : il valait mieux investir dans des vêtements de couleur noire. Ils cachaient mieux les taches de sang.

— Au travail, ordonna-t-il aux lionnes d'une voix retentissante avant de rejoindre Meena.

Elle aurait pu fondre lorsqu'il la regarda droit dans les yeux.

Il s'arrêta à quelques pas d'elle.

— Tu es prête, Pen ?

Il lui tendit la main et elle bondit vers lui.

— Est-ce que je vais aimer ce que tu as prévu ?

— Beaucoup, promit-il.

Mais il n'en dit pas plus alors qu'il la guidait dehors vers sa voiture qui les attendait. Mais on se fichait de savoir où ils allaient, non ? Il lui prit la main.

Il me tient la main. Elle fut parcourue d'une vague de chaleur et d'excitation.

Avant que quiconque ne se mette à ricaner, il est important de préciser qu'en tant que fille de grande taille et étant assez costaud, Meena avait passé la plus grande partie de sa vie à être traitée comme un garçon.

Durant sa jeunesse, cela ne l'avait pas dérangée. Elle avait bien aimé jouer les dures et se battre avec les plus forts d'entre eux. Puis elle avait atteint l'adolescence. Elle avait ensuite pris quelques centimètres et avait fini par dépasser les gars qu'elle connaissait. Ses seins avaient grossi et elle avait fini par en avoir une sacrée paire. Les choses avaient changé.

Mais à ce moment-là, les garçons ne la considéraient plus comme l'un d'entre eux, détrompez-vous, cependant, ils avaient continué à la persuader de se battre avec eux, mais elle avait rapidement compris que c'était pour éprouver des sensations fortes et la tripoter au passage.

Eh oui, ils avaient remarqué qu'elle était devenue une femme. Oui, ils avaient essayé de la tripoter et d'aller plus loin avec elle. Mais ce qu'ils n'avaient pas fait, c'était de la considérer comme délicate. Habitués à son côté garçon manqué, ils ne lui tenaient pas les portes, ne lui apportaient pas de fleurs et n'avaient jamais de petites attentions intimes à son égard, comme le fait de lui tenir la main. Mais pour leur défense, elle était généralement plus grande que ses petits amis, alors lui tenir la main était parfois gênant.

Cependant, elle aurait aimé qu'ils essayent. Il y avait une toute petite part en elle qui aurait aimé qu'on la considère comme délicate, même si elle agissait comme un éléphant dans un magasin de porcelaine – c'était ce que sa mère disait le plus souvent quand elle se plaignait de la cadette.

C'est pourquoi, quand Leo lui prit la main, ses doigts enroulés autour des siens, son pouce caressant sa peau, elle ne put s'empêcher de sourire. Leo ne faisait pas que la traiter avec respect. Il la faisait se sentir femme.

Il ouvrit la porte de la voiture, et comme auparavant, il posa les mains sur sa taille et la hissa sans effort.

Alors qu'il se glissait sur le siège côté conducteur, elle ne put s'empêcher de soupirer de plaisir en sentant que son odeur l'enveloppait.

— Tout va bien, Pen ?

Mieux que bien. Cependant, comme elle ne voulait pas l'effrayer ni briser le sort que l'on semblait avoir jeté à Leo, elle ne fit qu'acquiescer, se mordant la langue pour une fois. Mère serait si fière.

Ils ne dirent pas grand-chose durant le trajet, probablement parce qu'ils passèrent la première partie à dévorer le petit-déjeuner qu'il avait apporté.

Elle gémit en mangeant le délicieux cheese-cake à la cerise. Il grogna. Elle gémit à nouveau en plantant ses dents dans le carrot cake moelleux avec son glaçage au beurre. Il gronda. Elle ne parvint même pas à émettre un seul son lorsqu'elle lui offrit le dernier morceau du beignet fourré à la crème au beurre et qu'il suça le sucre glace de ses doigts.

Sa langue râpeuse contre sa peau lui procura des frissons qui la traversèrent de toute part. Et quand il suça le bout de son index ?

Elle faillit plonger vers lui pour pouvoir correctement se jeter sur son corps délicieux.

Mais elle se retint. Elle fit preuve de retenue car son chaton curieux voulait vraiment découvrir ce que Leo avait prévu.

Même s'ils ne parlaient pas beaucoup, l'atmosphère n'était pas pesante. Un peu tendue à cause de cette attirance électrique qui bourdonnait entre eux, mais c'était une tension agréable. Leo mit de la musique, et lorsque le groupe Foreigner passa à la radio, elle ne put s'empêcher de chanter et pour son plus grand plaisir, Leo se joignit à elle, sa voix de baryton profonde l'enveloppant tel un gant de velours.

À la fin de la chanson, elle se mit à rire.

— Je n'arrive pas à y croire. Tu chantes !

— Non, c'est faux.

— Si ! Je t'ai entendu.

Une fois de plus, il lui fit son sourire le plus mortel.

— Mais je le nierai si on me pose la question. Vois ça comme mon petit secret. J'aime faire du karaoké, en général sous la douche quand personne ne peut m'entendre.

— Pourquoi le cacher alors que tu as une belle voix ?

— Parce que je fais partie du club des nonmauviettes. Si je ne veux pas que ma réputation de gros dur soit remise en question, alors le chant n'a pas sa place. Tout comme les danses de salon, le fait d'acheter des produits féminins et de porter des couleurs pastel.

— C'est un peu macho.

— Complètement, c'est ce qui fait que c'est drôle.

— Pourquoi drôle ?

— Parce que ça rend les lionnes folles.

— Je croyais que tu voulais maintenir la paix.

Il haussa ses énormes épaules.

— Ouais, mais ça ne veut pas dire que je n'aime pas m'amuser un peu.

Il lui fit un clin d'œil qui la fit rire à nouveau. Plus elle apprenait à le connaître, plus elle était intriguée.

Ils quittèrent la ville et roulèrent un moment sur l'autoroute, le paysage se composait de quelques banlieues éparses avec des champs agricoles et des zones boisées.

Reconnaissant quelques noms de ville sur les panneaux de sortie, elle comprit soudain où ils allaient.

— Tu m'amènes au ranch du Clan du Lion.

— Oui, je me suis dit que c'était une bonne idée de te sortir un peu de la ville pour que tu puisses te dégourdir les jambes et prendre un peu l'air.

Une bonne idée, effectivement. À peine se garèrent-ils que Meena sortit de la voiture, n'attendant pas que Leo fasse le tour pour l'aider à descendre. Il ne lui fallut que quelques secondes pour se déshabiller alors qu'un Leo hébété la regardait faire.

Après la façon dont il l'avait taquinée toute la matinée, elle ne culpabilisait pas de lui rendre la pareille. Ce fut à son tour de lui faire un clin d'œil.

— Attrape-moi si tu peux, mon Chou.

Une fois le défi lancé, elle se métamorphosa, appelant son félin.

C'est pas trop tôt, feula sa lionne en bondissant en avant, la douleur de la transformation lui était familière et fut rapidement oubliée quand elle retrouva l'allégresse que lui procurait sa forme féline.

Elle n'avait pas peur qu'on l'observe. Seuls ceux qui étaient approuvés par le clan avaient le droit de venir au ranch. C'était un havre de paix et un endroit pour courir en toute liberté pour ceux qui avaient besoin de s'échapper un peu de la ville.

Ils étaient libres d'être eux-mêmes sur des hectares et des hectares de champ.

À quatre pattes, elle bondit à l'orée de la forêt luxuriante et se précipita sous de lourdes branches. La piste ensoleillée l'appelait, les odeurs riches de la nature et le parfum plus musqué des petites proies étaient un délice olfactif.

Derrière elle, un rugissement retentit, non pas avec provocation, plus un rugissement qui signifiait : je vais t'attraper.

Wouhou.

Leo acceptait de relever le défi. La course-poursuite débutait.

Elle courut. Ses pattes rapides raclèrent la terre de la forêt, bondissant à travers la mousse en décomposition qui jonchait le sol, effleurant les branches qui pendaient trop bas. Elle préférait la rapidité à la discrétion. Elle n'avait pas vraiment l'intention de semer Leo. Elle voulait qu'il l'attrape, qu'il lui saute dessus et la fasse tomber au sol, parce qu'elle avait vraiment envie de savoir ce qui se passerait ensuite.

Quelque chose avait changé depuis la nuit dernière, mais elle n'arrivait pas à savoir quoi. Avait-il enfin compris qu'ils étaient destinés à être ensemble ? Ou bien était-ce juste une autre facette de sa personnalité qu'il montrait à tout le monde ? L'hôte génial qui accueille un invité.

Nan. Ce n'était pas le genre de Leo, ce qui voulait dire que ça, ce truc de se faufiler dans son appartement, de l'emmener ici, ça, c'était tout lui. Rien que pour elle.

Je suis spéciale.

Et non, elle n'était pas spéciale du genre elle-a-besoin-de-porter-un-casque, peu importe le nombre de fois où son frère avait insisté.

Alors qu'elle courait à travers les bois, elle n'entendait rien d'autre que le gazouillis des oiseaux, le souffle de sa respiration, et le doux craquement des débris qu'elle heurtait. Plus de rugissements, plus aucun signe distinctif lui indiquant qu'on la poursuivait, et c'est pour ça que, lorsqu'un félin tomba de l'arbre en face d'elle, elle faillit tomber à plat ventre alors que ses griffes arrière s'enfonçaient, stoppant sa course.

Bon sang qu'est-ce qu'il est grand !

Magnifique, ajouta sa lionne.

Il l'était vraiment. En tant qu'hybride lion-tigre, Leo possédait les attributs de chaque espèce. Son corps était tigré comme celui d'un tigre, bien que plus estompé et de couleur dorée. Sa queue tigrée se terminait par une touffe de poils sombres, tandis que sa crinière rivalisait avec celle de n'importe quel roi, mais sa couleur était plus foncée et encadrait son visage majestueux et ses énormes crocs. Des crocs qu'il dévoila soudain.

Était-ce sa façon effrayante de sourire comme un félin ?

Malgré son choc initial, elle feignit une certaine nonchalance en retrouvant son équilibre et en se relevant. Agitant sa queue et bougeant la tête, elle se pavana devant lui.

Il lui botta les fesses.

Oh non, mais je rêve, il n'a pas fait ça ?

Si.

Avec cette invitation à jouer, elle pivota et bondit sur lui. Mais il devait s'y attendre, car il se jeta au sol et la laissa le coincer.

Elle grogna.

Il feula.

Elle lui donna un petit coup de tête.

Il frotta son nez contre le sien.

Elle le mordit puis se sauva, l'incitant à continuer leur poursuite.

Sortant de la forêt, elle aperçut un petit lac, ou bien était-ce un étang ? Peu importe. Elle se souvint qu'elle allait nager là étant petite. Sans y réfléchir à deux fois, elle s'élança vers l'eau et plongea avec un splash.

Elle changea de forme, ayant un peu d'expérience avec la piscine de chez elle, elle retint sa respiration de peur qu'elle ne se noie durant sa transformation.

Refaisant surface sous sa forme humaine, elle prit une grande inspiration avant de scruter la berge.

Une berge vide.

Fronçant les sourcils, elle observa les alentours en

nageant, cherchant Leo. Mais il semblait qu'elle l'avait perdu. Étrange. Où était-il...

Une main saisit sa cheville et la tira vers le bas. Couinant légèrement, elle s'enfonça sous l'eau, pinçant fermement les lèvres pour ne pas boire la tasse. La main qui la tenait relâcha son emprise, mais seulement pour se repositionner ailleurs, sur sa taille.

Malgré l'eau trouble, elle distingua Leo, ses cheveux ondulant au rythme du courant qu'ils créaient, ses lèvres s'étirant en un rictus.

Avec son bras fermement enroulé autour de sa taille, il battit des jambes et les fit remonter à la surface. Ils sortirent la tête de l'eau et elle prit une grande inspiration qui lui permit ensuite de rire.

— Mon Chou, je n'arrive pas à croire que tu m'aies fait peur en te faisant passer pour un monstre des marais.

— Et moi je n'arrive pas à croire que tu aies hurlé comme une fille, la taquina-t-il.

— Je suis peut-être plus délicate que j'en ai l'air, rétorqua-t-elle.

À l'époque, ce genre de phrase aurait provoqué des ricanements ou des éclats de rire.

Mais là, Leo resta neutre et il sembla très sérieux lorsqu'il lui dit :

— Moi je trouve que tu as l'air délicate. Et tu étais très mignonne dans ta robe hier soir.

Cette foutue mâchoire choisit ce moment pour se décrocher, du moins ce fut l'excuse qu'elle utilisa pour justifier son air bouche bée.

— Mignonne ? Tu sais ce que veut dire ce mot, n'est-ce pas ?

— Cela fait référence à quelque chose de joli et de petit ?

— Oui.

— Alors j'ai utilisé le bon terme.

Ouais, ça lui valut un bon gros bisou baveux. Un baiser qui n'en finissait pas, alors que Leo parvenait à les faire tenir à la surface. Heureusement que l'un d'entre eux était attentif, parce qu'avec ses jambes et ses bras enroulés autour de lui comme une pieuvre, ils se seraient probablement noyés s'ils avaient compté sur elle pour maintenir leur la tête hors de l'eau.

Mais heureusement, ils ne se noyèrent pas et Leo avait agi de manière intelligente durant leur discussion, car il s'était déplacé un peu plus loin, là où l'eau était moins profonde, du moins assez peu profonde pour qu'il puisse poser ses deux pieds sur le sol et apprécier leur baiser.

Or ce baiser n'était pas la seule chose agréable. Malgré la température froide de l'eau, leurs peaux entrèrent en contact et se frottèrent. Encore et encore. Oh, comme elle aimait le glissement sensuel de leurs chairs l'une contre l'autre. Même si l'eau était un peu fraîche, ils ne ressentaient pas le froid. Leur fièvre intérieure, née de l'excitation, leur tenait chaud.

Alors que ses jambes le serraient fort, son sexe ne pouvait que pulser contre le bas ventre de Leo. Meena n'était pas une fille timide ou innocente. Le désir la fit frissonner, notamment parce qu'elle sentit son désir à lui qui était évident et qui sautillait sous ses fesses.

Elle se tortilla, essayant d'ajuster sa position, mais il la tenait trop fermement.

— Pas encore, Pen.

— Mais j'ai *faim,* dit-elle en faisant une moue avec ses lèvres.

Il embrassa celle-ci pour faire disparaître sa petite moue et pataugea dans l'eau, le niveau baissant alors qu'elle devenait moins profonde.

L'air et le soleil caressèrent la peau nue de Meena, mais ce qu'elle désirait vraiment, c'était qu'il la caresse elle. Et il le fit, en quelque sorte.

Ses grandes mains saisirent ses fesses, la maintenant en hauteur, elle enroula son corps autour du sien, comme une seconde peau.

Ils se mordirent les lèvres et les tirèrent alors qu'ils s'embrassaient, leurs souffles chauds étant le seul son audible.

La passion qui l'habitait était brûlante, assez brûlante pour qu'elle tente à nouveau d'écarter leurs corps, comme une invitation. Il ne la laissa toujours pas bouger, mais il écarta ses lèvres, assez longtemps pour murmurer :

— Tu es prête pour ma grosse surprise, Pen ?

— Plus que jamais.

— J'ai attendu toute la journée pour te la donner, murmura-t-il contre son lobe d'oreille.

— Alors, donne-la-moi. Donne-la-moi maintenant !

Elle allait finir par prendre feu s'il ne s'occupait pas d'elle.

Il rigola, le grondement vibra contre sa peau.

— Je sais que tu as faim.

— Très, très faim, acquiesça-t-elle.

— Moi aussi j'ai faim.

— Alors qu'est-ce que tu attends ? Je suis prête.

Plus que prête. Elle mourrait d'envie qu'il assouvisse son désir. Elle voulait qu'il la touche. Elle voulait le septième ciel.

— Génial. J'ai trop hâte de te montrer ce que j'ai apporté pour le déjeuner.

Le déjeuner ?

Le déjeuner !

CHAPITRE QUINZE

Son air perplexe l'aurait bien fait rire s'il n'avait pas été aussi torturé qu'elle.

Tout près. Ils avaient été tout près de succomber. Il n'aurait pas fallu grand-chose, juste une légère caresse et un coup de reins. Elle s'était montrée plus que consentante. Mais…

Il avait promis à ses parents de ne pas la revendiquer physiquement jusqu'à ce qu'ils soient officiellement en couple. Et non, ce n'était pas ce qu'avait dit son père d'un air menaçant : « Je t'arracherai les tripes et m'en servirai pour te ligoter puis t'écorcherai la fourrure pour en faire un manteau pour ma femme » qui le faisait tenir parole. Leo s'était également silencieusement promis de respecter Meena et il sentait bien que c'était une chose qu'elle n'appréciait pas beaucoup. Derrière son côté sauvage et espiègle se cachait une femme, une femme qui rêvait de cette galanterie et de cette séduction auxquelles les autres avaient droit.

Et il lui donnerait.

C'est bien de donner. Donne-lui tout ce qu'elle désire. Son ligre avait une vision de la générosité, disons plus charnelle qui était difficile à ignorer, notamment avec Meena qui était toujours collée à lui. Toute cette chair délicieuse.

Envie de goûter.

Peux pas. Même si cela faisait mal – et ça faisait même très mal – il était un homme de paroles.

La posant sur une couverture, préalablement posée, sous un arbre, sur un lit d'herbe moussue et de sous-bois, il ignora son miaulement plein de déception.

Il faillit miauler à son tour, ce qui n'aida pas.

Lui tournant le dos pendant un instant, il chercha les serviettes qu'il avait également exigées lorsqu'il avait passé sa commande de pique-nique auprès du ranch, la veille.

Effectivement, il trouva des serviettes, des essuie-mains surtout. Très drôle.

Sauf que ce n'était pas si drôle que ça, étant donné qu'il n'avait désormais rien qui puisse recouvrir Meena. Rien qui puisse cacher ses courbes.

Ne regarde pas. Ne regarde pas.

Pff, comme s'il était capable de se retenir dès qu'elle était concernée. Il se retourna.

Je veux voir.

Ce qu'il vit, c'est qu'elle lui jetait un regard noir. Une expression plutôt rare sur son visage d'habitude très joyeux.

— Je n'arrive pas à croire que tu viens de mettre fin au plus incroyable des baisers et à la meilleure session de tripotage du monde pour un simple déjeuner.

Incroyable ? OK, peut-être qu'il gonfla un peu la poitrine de fierté.

— Ce n'est pas n'importe quel déjeuner. C'est un super déjeuner. J'ai demandé aux cuisines de nous mettre de côté du poulet frit d'hier soir. Et tout le monde sait que le poulet frit est encore meilleur le lendemain.

— Tu marques un point pour le poulet. Sauf que j'ai quelques parties intimes de mon anatomie qui ont soif d'action.

Désormais, son franc-parler, auparavant virulent, lui plaisait. Meena disait toujours la vérité. Elle disait ce qu'elle ressentait et ce qu'elle ressentait, c'était du désir pour lui. Il leva mentalement le poing. Et non, il n'allait pas lui bondir dessus et la lécher pour la remercier de ce compliment.

Il essaya de reprendre les rênes.

— Comme tu es impatiente, Pen. Tu réalises que dans la vie, ce qu'il y a de plus excitant c'est le fait d'anticiper, de se préparer avant l'événement principal ?

— Ouais, ben tu m'as déjà assez cuisinée comme ça, mon Chou ! Je ne peux pas supporter plus.

— Est-ce que ça te consolerait de savoir que mes parties génitales sont elles aussi douloureuses – et de manière très visible – et pourtant, je pourrais rapidement prendre ton – gloups – corps magnifique...

Il perdit soudain le fil de ses pensées. C'était à cause d'elle, alors qu'elle s'appuyait sur ses coudes, le regardant d'un air langoureux. Elle tira également ses épaules en arrière et lui présenta ses seins. Snif. Il fallait qu'il se concentre. Peut-être que s'il lui expliquait, elle comprendrait pourquoi il ne se jetait pas sur elle – tout de suite.

— Je suis certain que tu comprends pourquoi c'est bien de prendre son temps. En savourant notre attraction naissante...

— Naissante ? ricana-t-elle. Elle est surtout en train d'exploser, oui ! En tout cas, c'est ce que j'aurais fait si on m'avait laissé quelques minutes de plus.

— Vois ça comme des préliminaires prolongés.

— Je m'en fous des préliminaires. Je veux du sexe.

Ils étaient deux. Pourquoi avait-il fait cette promesse déjà ?

— En parlant d'orgasme, regarde ce que j'ai amené pour accompagner le poulet.

Alors qu'il s'agenouillait sur la nappe, il retira le couvercle du panier préparé par les gars qui tenaient le ranch. Après avoir ri et demandé si c'était une blague, puis ri à nouveau, ils avaient rapidement coopéré avec son pique-nique quand il les avait menacés de leur montrer comment on faisait des bretzels humains.

Meena se pencha malgré elle, ses seins se balançant de manière séduisante. Il faisait chier avec sa morale et ses promesses !

— Ce sont des orgasmes en chocolat ? demanda-t-elle.

Normalement, un homme adulte n'était pas censé frémir en entendant une femme dire le mot orgasme.

Ouais, cela ne l'empêcha pas d'être traversé par un frisson, d'autant plus que, maintenant qu'ils n'étaient plus sous l'eau, l'odeur de l'excitation de Meena imprégnait l'air.

— Les gentilles filles peuvent avoir tous les orgasmes qu'elles désirent, grogna-t-il.

— Une gentille fille ? dit-elle en riant de manière

extrêmement espiègle. Oh, mon Chou, je suis bien mieux quand je suis vilaine.

Puis, sur ces mots, elle se pencha en arrière et changea de position. Non pas pour cacher ses attributs et lui faciliter la tâche. Bien sûr que non. Elle savait très bien ce qu'elle faisait d'après son sourire coquin alors qu'elle s'asseyait en croisant les jambes sur la nappe, toujours totalement nue.

Pourquoi résistait-il ? Il ferait mieux de la rejoindre et de lui sauter dessus, comme elle le lui demandait. Ses souhaits n'étaient-ils pas plus importants que n'importe quelle promesse idiote ?

Arrête de te concentrer sur ses parties intimes. Focalise-toi sur autre chose. Comme le déjeuner. Ouais. S'ils se mettaient à manger, il ne penserait plus à ce désir qu'il éprouvait pour elle, non ?

Il lui tendit une serviette en lin et elle l'étendit sur ses genoux, cachant une partie de son corps, mais exposant toujours ses seins magnifiques. Sachant ce qui se cachait sous ce petit morceau de tissu, il avait envie de plonger pour aller chercher la crème.

Méchant minou.

Il arracha l'opercule du récipient qui contenait le poulet et le lui offrit. Elle prit un morceau et le mordit.

Leo se félicita pour son sang-froid. Mais il aurait aimé que quelqu'un le prévienne qu'une femme allait finalement le faire bouillir en grognant :

— Putain, ça c'est du bon poulet.

Cette détermination qu'il avait à vouloir la respecter était une torture pour lui. Chaque bouchée. Chaque gémissement. Chaque fois que sa langue rose sortait pour se lécher les lèvres.

Il retomba sur le dos en gémissant.

Elle le chevaucha immédiatement, ce qui n'aida vraiment pas. Il aurait dû penser à prendre des vêtements. Ou peut-être une armure. Qu'est-ce qui lui avait pris de croire qu'il pourrait supporter de passer la matinée et l'après-midi seul avec elle ? Pourquoi avait-il promis de ne pas précipiter les choses ?

— Mon Chou, fredonna-t-elle en lui mordillant la mâchoire. Oh mon Chou, tu ne peux pas te cacher. Pourquoi est-ce que tu résistes autant ?

Pour appuyer ses propos, elle frotta sa fente lisse contre son membre en érection.

— Pen, non, nous ne pouvons pas. J'ai promis.

— À qui l'as-tu promis ? Mon père ? Oh pitié. Ce n'est pas lui qui décide avec qui je couche.

— Je me suis aussi promis à moi-même de te traiter comme une dame.

— C'est vrai, tu l'as fait, mais même les dames aiment quand il y a un peu de passion. Un peu de...

Elle glissa ses lèvres contre son cou et mordilla l'un de ses tétons plats. Il prit une grande inspiration.

— Un peu d'amusement, continua-t-elle.

— J'ai donné ma parole.

Et même si le plaisir l'appelait, il tiendrait sa promesse.

— Et qu'as-tu dit exactement ?

— Que je ne coucherai pas avec toi tant que nous ne serons pas officiellement en couple.

— Alors épouse-moi, puis ensuite prends-moi.

— Pen !

Il leva les yeux vers elle pour lui lancer un regard choqué.

— Quoi ?

Elle tenta de prendre un air innocent mais échoua, mais en même temps, étant donné qu'elle était descendue un peu plus bas et qu'elle se trouvait désormais entre ses genoux, tenant sa bite dans sa main, ce n'était pas étonnant.

— Tu ne devrais pas – tu ne peux pas – Oh merde.

Que voulez-vous dire d'autre quand la femme que vous désirez le plus enroule ses lèvres autour de votre sexe et se met à le sucer ?

Oh, comme elle suçait et tirait sa bite en érection. Ses lèvres glissèrent le long de son membre d'acier, le caressant, l'enveloppant de leur chaleur liquide. Il ne put s'empêcher d'enfoncer ses doigts dans la nappe, luttant pour maintenir ses hanches de peur de faire des mouvements d'avant en arrière dans sa bouche délicieuse.

Mais Meena n'était pas intéressée par son incroyable contrôle. Comme à chaque instant qu'ils avaient partagé depuis qu'ils s'étaient rencontrés, elle semblait déterminée à briser sa résistance. À l'emmener là où personne ne l'avait encore jamais fait, que ce soit émotionnellement ou physiquement.

Elle le prit façon gorge profonde.

Gorge. Profonde.

Personne n'avait encore jamais fait ça auparavant, pas avec sa taille impressionnante. Pourtant, Meena le fit, et elle le fit avec enthousiasme et une expression des plus délicieuses. Ses cils sombres battaient sur ses joues et ses yeux se fermèrent comme si elle prenait du plaisir. Ses lèvres étaient grandes ouvertes autour de sa bite, leur couleur rose parfaite en contraste. Ses joues se creusèrent alors qu'elle suçait. Et, oh, les bruits qu'elle émettait. Des bruits de plaisir. De doux grondements.

Pouvait-il vraiment s'empêcher de grogner alors qu'elle l'emmenait à la limite de l'extase, puis bien au-delà ?

Ouais. Oubliez son sang-froid. Il laissa gicler sa semence crémeuse dans sa bouche accueillante et elle la prit. Elle la prit toute entière et ne s'arrêta pas de sucer jusqu'à ce qu'il la supplie d'une voix rauque.

— Ça suffit. Bon sang, Pen, tu vas finir par me tuer.

Le problème, c'était qu'il ne pouvait pas mourir tout de suite. Hors de question. Il devait lui rendre la pareille.

Et qu'en est-il de ta promesse de ne pas la revendiquer ?

Il tiendrait sa promesse. Sa bite ne s'enfoncerait pas dans la chaleur moelleuse de son sexe, mais sa langue elle, le ferait !

— Mets-toi sur le dos.

Venait-il de prendre une voix autoritaire ? Oh que oui. Cette fois-ci il avait vraiment besoin qu'elle l'écoute.

— Oh chouette, c'est mon tour !

Comme elle avait l'air ravie. Son côté rafraîchissant et son manque de pudeur étaient terriblement charmants.

Elle ne cachait pas sa sensualité ou son désir. Elle l'acceptait totalement. Puis, elle écarta les cuisses pour qu'il puisse s'agenouiller entre elles.

La perfection incarnée. De ses cheveux ébouriffés qui encadraient son visage avec quelques mèches humides à sa poitrine lourde garnie de baies gonflées, jusqu'aux courbes de sa taille et ses hanches marquées. Elle était sa femme idéale.

C'est ma femme.

La mienne.

Et même s'il ne la marquerait pas avec sa bite ni avec ses dents, elle allait sentir le coup de fouet de sa langue !

Mais seulement après qu'il ait goûté ces seins dont il avait rêvé.

Se penchant en avant, il plongea la tête vers elle pour tirer sur un bout en érection. Elle se cambra et gémit.

— Oui. Oh oui. Suce-moi.

Il se doutait qu'elle serait bavarde et il aimait ça. Il adorait le fait qu'elle n'ait pas peur de lui dire ce qu'elle aimait.

Sa langue tourna autour de son téton, humidifiant la peau, sentant les contours du bout plissé. Il aspira l'extrémité dans sa bouche. La mordilla. Puis finit même par la pincer.

Elle aimait ça, du moins c'est ce qu'il comprit étant donné qu'elle tirait sur ses cheveux et l'étouffa presque quand elle tint fermement son visage contre ses seins.

Heureusement qu'il était plus fort qu'elle. Là-dessus, il garderait le contrôle. Il changea de téton, prodiguant la même attention à l'autre alors qu'elle haletait et miaulait des encouragements, lui demandant :

— Continue. Ne t'arrête pas. Oh, mon dieu. Oui !

Mais même si sa poitrine était absolument délicieuse, la vraie friandise se trouvait un peu plus bas. Laissant ses lèvres quitter ses seins splendides, il glissa quelques baisers torrides le long de son ventre rond et descendit encore plus loin, jusqu'au petit monticule blond qui recouvrait son sexe.

Il ne put s'empêcher d'y frotter son nez. Elle laissa échapper un soupir sexy.

— Oh oui. Pitié. Euh non, je veux dire non. Tu ne devrais pas, dit-elle en le repoussant avec ses mains. Je n'ai pas envie de te faire mal.

De lui faire mal ? Cela lui faisait surtout mal de ne pas pouvoir la goûter. S'agenouillant entre ses jambes, il s'arrêta un moment et la regarda. Elle semblait assez inquiète s'il se fiait à ses sourcils froncés. Pourtant, il distinguait bien ce miel plein de désir sur les lèvres de son sexe.

— Tu en as envie.

— Oui, mais je ne peux pas te laisser faire. Je pourrais me laisser aller et faire des dégâts. C'est déjà arrivé.

— Tu ne peux pas m'arrêter.

Sur ces paroles, il glissa ses mains sous ses fesses, appréciant au passage cette chair dodue. Il la souleva de la couverture, la positionnant pour son plus grand plaisir – et le sien. Puis il lécha lentement tout son sexe, de son clitoris jusqu'au bas de sa fente.

Sa crème musquée atteignit ses papilles et explosa, tout comme elle. Ses hanches se cambrèrent et c'est seulement grâce à sa force qu'il parvint à l'immobiliser.

— Pardon, couina-t-elle.

— Ne – coup de langue – t'excuse – succion – jamais pour cette passion que tu as, Pen.

Il la mordilla.

À chaque caresse elle tressaillait, gémissait ou criait. Son corps entier tremblait. Ses jambes s'enroulèrent autour de ses épaules et ses talons s'enfoncèrent dans son dos.

Il se régala d'elle, tel un festin, laissant la passion sauvage de Meena l'emmener vers une destination qu'il n'avait jamais imaginée. N'ayant jamais été un amant égoïste, Leo prenait toujours soin de ses partenaires, mais avec Meena, il n'avait pas simplement envie de lui faire du bien. Cela lui procurait lui aussi beaucoup de plaisir.

Malgré son éjaculation récente, son membre se mit à enfler, pulser, et le supplia de s'enfoncer dans cette chaleur rose et de la pénétrer vigoureusement. Profondément. Vite.

Revendique-la. Marque-la. Prends-la.

Oh merde. Oh oui. Il n'aurait pas pu dire s'il venait de le penser ou si elle venait de le crier. Dans tous les cas, il se balança à temps pour suivre le mouvement de ses hanches alors qu'il la léchait. Il gronda contre son sexe :

— Allez, Pen. Jouis contre ma langue.

Et elle le fit. Elle cria bruyamment, longtemps et intensément alors qu'elle laissait son orgasme prendre le dessus. Ses cuisses enserrèrent sa tête comme dans un étau. Il comprit alors pourquoi elle avait eu peur de lui faire mal, mais il pouvait y faire face. Elle était à lui.

Pour lui prouver que sa passion intense ne le dérangeait pas, il continua de sucer et de mordiller, voulant toujours plus. Parce qu'il avait besoin de plus, plus d'elle. Il voulait l'imprégner de son toucher. Étancher cette soif folle qu'il avait pour elle.

Un second orgasme la traversa avant même que le premier ne soit terminé. Son deuxième cri ressembla plus à un croassement rauque, témoignant de ce plaisir insensé qui la faisait presque agoniser.

Comme il avait envie de la rejoindre ! C'est-à-dire se joindre à elle. Son corps, enfoncé jusqu'au bout dans son sexe accueillant, rompant ainsi toutes ses promesses. Se délectant d'un désir égoïste.

Argh. D'un geste rapide, il reposa sa silhouette encore frémissante sur la nappe, doucement bien évidemment, puis Leo courut en direction de l'eau. Il plongea et laissa le liquide froid caresser ses parties génitales presque brûlantes.

Mais l'eau fraîche ne pouvait pas résoudre son problème.

Seule Meena le pouvait. Et seulement s'ils s'accouplaient.

CHAPITRE SEIZE

Je n'arrive pas à croire qu'il ne m'ait pas revendiquée.
Il avait été si près du but. Elle en était certaine.
Meena rejeta la faute sur son père. C'était de sa faute si Leo ne voulait pas franchir cette dernière étape. Faire promettre à Leo de ne pas la dévergonder. Pff, c'était quoi ce délire ?

Pourquoi tout le monde semblait déterminé à lui casser son coup ?

Au moins, ce brasier qu'elle avait éprouvé un peu plus tôt s'était désormais transformé en palpitations plus régulières. Son homme était allé jusqu'au bout et lui avait donné le coup de langue de sa vie. Mieux encore, il n'avait pas besoin de passer un scanner pour un œdème cérébral. Rien de pire qu'un petit passage aux urgences pour pourrir l'ambiance.

Quoiqu'il en soit, après la baignade de Leo, aucun sourire, aucun balancement de sein ou sous-entendu ne le fit bouger d'un pouce. Mais la bonne nouvelle ? C'était qu'il était excité, ce qui voulait dire qu'il avait remarqué. Il avait remarqué mais ne faisait rien !

Elle ne savait pas si elle l'aimait parce qu'il était déterminé à la respecter ou bien parce qu'elle avait envie de se jeter sur lui et de le faire tomber au sol pour le dévorer. OK, peut-être un peu des deux.

Malgré cette tension sexuelle entre eux, le reste de l'après-midi se déroula de façon agréable. Il s'avéra qu'ils avaient beaucoup de choses en commun, notamment l'amour du sport, autant pour le regarder que pour le pratiquer, bien que leurs équipes de NFL[1] soient rivales dans leur division. Au moins, comme ça, les dimanches d'automne seraient intéressants.

Eh oui, elle avait bien l'intention d'être présente au moment du changement de saison. Comme elle avait l'intention d'être avec lui pour Noël et de lui faire acheter un sapin en pot, car même si elle n'aimait pas les sapins artificiels, elle ne supportait pas non plus d'en abattre un vivant pour la décoration. Alors, chaque année, elle achetait un sapin vivant et une fois Noël passé, elle l'arrosait et le gardait sain jusqu'au printemps pour pouvoir le replanter.

Alors qu'ils étaient couchés sur la nappe, sa tête posée sur son ventre, Leo jouant paresseusement avec ses cheveux, il lui demanda finalement :

— Comment avez-vous fait, ta sœur et toi, pour avoir cette réputation ? Je te jure qu'Hayder est presque pris de convulsions quand on mentionne ton prénom.

Elle haussa les épaules en fixant le ciel bleu.

— Ma sœur et moi ne sortons pas pour essayer de

semer le chaos. Disons que les choses se produisent toutes seules en notre présence.

— Elles se produisent toutes seules ? ricana-t-il. Tu veux bien reformuler ça ? D'après ce que j'ai entendu, vous deux vous êtes de sacrées farceuses.

Elle se mit à rigoler.

— Je suppose. Mais nous ne sommes pas pires que nos cousins. C'est juste qu'ils ne se faisaient pas prendre aussi souvent que nous. Et puis, ça n'aide pas non plus que certaines de nos bêtises se soient retournées contre nous. Par exemple, si Kenny et Roger montent la voiture d'oncle Gary sur le toit, on va dire « Ah, ces garçons ». Mais si c'est Teena et moi qui le faisons, nous nous retrouvons punies pendant un an et devons travailler pour notre oncle tous les week-ends et tout l'été. Et tout ça parce que notre oncle n'avait pas fait réparer son frein à main. Comme si on était censées savoir que celui-ci ne retiendrait pas la voiture. On ne s'attendait pas à ce que la voiture glisse et tombe en bas, arrache la cheminée au passage, heurte la terrasse et se retourne dans la piscine, ce qui a provoqué un mini tsunami et a inondé leur rez-de-chaussée.

Leo tressaillit, un faible tremblement qu'elle ne put s'empêcher de ressentir étant donné qu'elle était allongée sur lui.

— Tu prends froid ? demanda-t-elle.

— Non, répondit-il d'une voix étranglée. C'est juste..., dit-il en éclatant de rire. Tu n'as vraiment pas eu de chance. J'ai déjà fait ce truc avec la voiture. D'habitude il faut simplement racheter quelques tuiles, rien de plus.

— Toi, impliqué dans une farce ?

Elle ne put s'empêcher de poser la main sur son cœur en prenant un air dramatique.

— Arik et Hayder aiment bien m'impliquer dans leurs manigances, que je sois d'accord ou non. Ils étaient un peu turbulents à l'époque où nous étions à l'université.

— Juste un peu ?

— OK, beaucoup, mais ils se sont calmés depuis.

— Ça doit être ennuyeux pour toi, remarqua-t-elle.

— Ennuyeux ? Non, c'est plutôt un soulagement de ne pas devoir constamment garder un œil sur eux et réparer leurs bêtises. Ça laisse plus de temps pour se détendre et lire un bon livre.

Elle fit un bruit étouffé.

— Arf, même toi tu as l'air ennuyé quand tu me dis ça. Pas étonnant que le destin nous ait fait nous rencontrer. Tu as besoin de moi, mon Chou. Tu as besoin de moi pour rester alerte et pour que je te donne un objectif.

— Il faudrait être fou pour vouloir le chaos au quotidien.

Tournant la tête vers lui, elle eut un rictus.

— Félicitations, tu as rejoint le club des cinglés.

Il secoua légèrement la tête étant donné qu'il avait posé celle-ci contre son bras.

— Tu es persuadée que nous finirons ensemble. Pourquoi ? N'as-tu pas peur d'être victime d'une blague céleste, vu la tournure que prennent les choses avec toi ?

Un rare moment de tristesse lui fit tordre les lèvres. Il avait soulevé un point important. Effectivement, elle craignait que sa confiance et ses certitudes concernant Leo et le fait qu'il soit l'homme de sa vie ne s'avèrent fausses. Et s'il ne pouvait pas la supporter ? Et s'il la larguait ou s'enfuyait en courant un jour ? Ça lui était déjà arrivé, tellement de fois qu'elle avait perdu le compte.

Mais Meena n'était pas du genre à se demander éternellement : « Et si ? ». Elle avait la foi et refusait de baisser les bras.

— Si, je suis inquiète. Je connais mon passé avec les hommes. Je me souviens des insultes, de leur terreur et des ordonnances de restrictions. Pourtant, malgré toute ma malchance, je pense qu'il y a une fin heureuse pour moi quelque part. Et que cette fin heureuse, ce sera toi. Mes tripes et mon cœur me disent que tu seras l'homme qui pourra me supporter, moi et toutes mes catastrophes.

Et peut-être, un jour, malgré mes défauts, tu réaliseras que tu m'aimes, se dit-elle à elle-même.

Quel discours sérieux, bien trop sérieux pour qu'elle reste immobile, surtout avec Leo qui la regardait si intensément, la pitié bien visible dans ses yeux bleus.

Elle ne voulait pas de sa pitié.

Je veux son amour.

Elle se leva et courut. C'était à son tour de courir en direction de l'eau, pas vraiment pour se rafraîchir, mais plutôt pour cacher ses larmes.

Les gens pensaient toujours qu'elle était très forte. Ils pensaient qu'elle ne se souciait pas des blagues et des incidents. Ils se joignaient à son rire hypocrite quand un autre petit ami la larguait à nouveau.

Même pour les gens les plus heureux, certaines choses faisaient mal.

Non, arrête avec les pensées malheureuses. Reprends-toi. La queue de son félin fouetta dans son esprit. Sa lionne ne doutait pas une seconde qu'elle était géniale. Vis au jour le jour, vis l'instant présent, ne laisse jamais la peur gagner.

Une devise qu'elle appliquait tous les jours.

La fraîcheur de l'eau parvint à distraire ses pensées. Une silhouette rapide sous l'eau les éloigna soudain encore plus.

Un poisson ? Presque aussi tentant qu'un bain de soleil pour un félin. Elle s'élança, battant des pieds et tendant les mains, pourchassant une ombre afin d'échapper à ses angoisses.

Une ombre large la talonna. Elle tourna rapidement la tête et vit que Leo l'avait rejoint.

Il claqua des mains, les fermant l'une contre l'autre.

L'avait-il attrapé ?

Nageant pour remonter à la surface, vers la lumière du jour, elle sortit la tête de l'eau et lui aussi. Il ne dit rien concernant ses confidences un peu plus tôt. Il ne fit pas preuve de pitié – même pas sous la forme d'un baiser !

Mais ce qu'il lui donna était encore mieux. Une simple amitié.

— Je l'ai eu, dit-il.

— Non, c'est faux, le nargua-t-elle évidemment, avec un sourire.

— Si. Tu es juste jalouse.

Leo était-il en train de la taquiner ?

— Oh que oui je le suis mon Chou. Je suis jalouse de toutes les femmes qui posent leurs yeux sur ton beau corps.

— Tu essaies de me distraire. Ça ne marchera pas. J'ai le poisson.

Il leva ses mains jointes hors de l'eau. Le liquide s'écoula.

— Je mérite de gagner quelque chose, continua-t-il.

— Comme quoi ?

Fendant l'eau, elle tendit les bras pour tirer ses mains jointes vers le bas. Elle les tint coincées entre leurs deux corps. Puis elle s'approcha, ses jambes nageant comme celles d'une grenouille, comme on lui avait enseigné quand elle apprenait à nager étant enfant. Il lui fallut manœuvrer pour rester à proximité, assez proche pour qu'elle puisse se pencher et caresser ses lèvres contre les siennes. Mais elle y parvint.

Glissant ses lèvres sur les siennes, elle murmura :

— Dis-moi ce que tu veux, mon Chou, parce que moi, je sais ce dont j'ai besoin. J'aimerais sentir tes mains me caresser le corps. Ces doigts râpeux, les doigts d'un homme qui n'a pas peur de travailler et de se salir, tracer le contour de ma peau. Je veux que tu presses ton corps contre le mien, nu, m'immobilisant, me rendant vulnérable face à toi. J'ai besoin – elle suça sa lèvre inférieure – que tu enfonces ta bite en moi. Que tu me caresses, profondément et vigoureusement. Je veux que ce soit *fort*. Un vrai homme, un homme qui puisse me supporter. Et me baiser. Et me donner ce que je désire.

Elle s'arrêta, le regardant dans les yeux, appréciant cette intensité dans son regard.

— Je. Te. Veux. Toi, termina-t-elle.

Elle pencha sa tête en arrière et plongea vers lui, ses dents mordirent son cou qui dépassait de l'eau.

Comme son gémissement était grave, un grondement sourd qui venait du plus profond de lui.

Avait-il seulement remarqué ce qu'il faisait alors que ses bras s'écartaient et s'enroulaient autour d'elle ?

Elle en tout cas avait remarqué. Sortant ses mains jointes de l'eau, juste avant qu'il ne l'enlace, elle chantonna :

— Haha ! Alors qui est un meilleur pêcheur maintenant ?

Le rire puissant de Leo l'enveloppa, comme une vibration rauque et faite de velours. Elle frissonna et fut déconcentrée alors que cette langueur sensuelle revenait. Ses mains s'écartèrent et avec un « plouf » – et probablement un « va te faire voir » façon poisson – le petit poisson rentra chez lui, s'éloignant aussi rapidement qu'il le put.

— Ah, nous voilà coincés, dit-il, absolument pas fâché qu'elle l'ait piégé.

Mon Dieu, était-ce une fossette sur sa joue ? Certes, elle était petite, mais combinée à cette étincelle qu'elle perçut dans ses yeux bleus... Son cœur faillit s'arrêter.

— Est-ce que ça fait de nous des gagnants ? demanda-t-elle.

Ils pourraient peut-être se partager un prix. Un soixante-neuf par exemple leur profiterait à tous les deux.

— Ex aequo ! Je te parie que je peux faire un plus gros plouf que toi si je fais une bombe.

Elle ricana.

— Mon Chou, tu délires complètement si tu crois que tes fesses fermes et musclées peuvent éclabousser plus d'eau que mon cul.

C'est ainsi qu'ils passèrent le reste de l'après-midi à jouer. Elle ne s'était jamais autant amusée depuis des années. Mieux encore, les quelques incidents qu'elle provoqua ne dérangèrent absolument pas Leo. Quand elle jeta un tas de boue dans sa direction, et que ce dernier atterrit sur son torse, il ne paniqua pas quand il réalisa que dans la vase qu'elle venait de lui envoyer se trouvait une sangsue. Il ne cria pas non plus comme si un zombie mangeur de cerveau lui courait après quand elle arracha la créature suceuse de sang de sa peau.

Même si elle se sentit un peu penaude quand il lui rappela qu'ils disposaient d'un peu de sel dans le panier à pique-nique.

Leo parvenait aussi à faire face à son côté turbulent. Ce qui était une bonne chose, car sinon elle aurait vraiment pu lui faire mal.

Lorsqu'elle vit son dos nu en montant les rochers pour plonger, elle lui sauta dessus et réalisa au moment où elle s'envolait dans les airs, qu'elle risquait de causer de sacrés dégâts.

Mais il tituba à peine quand elle le heurta et elle l'embrassa quand il lui dit assez sèchement :

— La prochaine fois, tu pourrais au moins crier Geronimo.

La prochaine fois ?

Oh oui !

Malheureusement, ils ne purent pas rester éternellement au bord de l'étang. Vers la fin de l'après-midi, son ventre se mit à gargouiller. Le panier de pique-nique était vide.

— Nourris-moi, grogna-t-elle en fouillant les récipients vides.

Au lieu de lui dire de faire attention à sa ligne et de se

prendre un coup de poing dans le visage, Leo lui répondit :

— Moi aussi. Tu veux rentrer ? Ils vont bientôt préparer le barbecue pour le dîner.

De la viande grillée ? Il n'avait pas besoin d'en dire plus.

Échangeant sa peau contre de la fourrure, elle ouvrit la marche jusqu'à la maison principale du ranch.

Sortant des bois, elle remarqua que des voitures étaient garées un peu partout. Bien que peu pudique, même elle n'était pas assez intrépide pour se métamorphoser avec autant d'inconnus autour. D'autant plus que si elle se transformait, Leo le ferait aussi et elle n'avait pas envie qu'il montre son corps magnifique.

Le mien.

Presque.

Manifestement, cet homme la désirait et pourtant, il se retenait. Pourquoi ? Pourquoi ? POURQUOI ?

Sa frustration, majoritairement sexuelle, refusait de rester silencieuse. Cependant, mentalement elle était assez satisfaite de la tournure que prenaient les choses. Elle et Leo commençaient à se connaître en tant que personnes. Oserait elle-même dire, en tant qu'amis ?

Durant le pique-nique elle avait appris tellement de choses sur lui, quelques informations qu'il avait partagées, qui l'avaient encouragée à partager ce qu'elle avait vécu en grandissant en étant la fille d'une véritable beauté du Sud.

Elle avait même abordé le sujet de sa sœur jumelle qui, bien qu'identique en apparence, n'avait absolument pas le même caractère qu'elle. Si Teena était synonyme de problèmes, c'était surtout parce qu'elle se faisait avoir à cause de sa gentillesse.

Elle avait libéré les chatons du refuge car Teena ne supportait pas qu'ils puissent être euthanasiés, suite à cela la population de chat était devenue hors de contrôle, au point que la ville avait dû demander de l'aide pour pouvoir les capturer et les stériliser.

Une fois, sa robe s'était prise dans la portière du taxi et lorsque le véhicule avait démarré elle s'était retrouvée en sous-vêtements. Ce n'était pas de la faute de Teena si elle avait provoqué un carambolage impliquant quatre voitures.

Teena était encore embarrassée à cause de cet incident et pourtant Meena était complètement envieuse. Elle, de son côté, n'avait jamais provoqué un carambolage de plus de trois voitures, et encore c'était en étant au meilleur de sa forme.

Elle suivit le derrière poilu de Leo jusqu'à l'arrière du ranch ou bien n'était-ce pas plutôt un manoir ? Difficile à dire, la structure initiale avait donné naissance à tant d'extensions au fil des ans que désormais celle-ci ressemblait à un étrange mélange de maisons collées les unes aux autres.

Quelques décennies plus tôt, le clan vivait entre ces murs. Cependant, alors que la modernité prenait le dessus et que les emplois se faisaient rares à la campagne, tout comme les événements sociaux, beaucoup d'entre eux avaient choisi d'aller s'installer en ville, occupant alors la résidence du centre-ville pour vivre dans une jungle de béton.

Mais le clan avait décidé de garder le ranch en

souvenir de leur passé et c'était là qu'ils se réunissaient quand de grands événements étaient organisés, et d'après ce qu'elle voyait, quelque chose d'important se préparait.

Enfilant une robe de chambre parmi les nombreuses qui étaient accrochées sur une penderie dans l'entrée – et encore une fois celles-ci aussi étaient nombreuses dans cette maison labyrinthe – elle remarqua l'agitation alors que plusieurs personnes arrivaient avec des bagages et des boîtes en carton. Certains portaient également des tenues sur des cintres dans des blouses en plastique, des costumes et des robes pour des festivités chics.

Se tournant vers Leo qui venait à peine de boucler la ceinture de son énorme peignoir, elle lui demanda :

— Que se passe-t-il ?

— Mariage familial demain.

— Comment ça se fait que je n'en aie pas entendu parler ?

Il haussa les épaules.

— Ça s'est fait à la dernière minute.

— Est-ce que je suis invitée ?

Et oui, même s'il venait de lui expliquer que c'était un mariage familial, elle eut le sentiment de devoir quand même poser la question étant donné qu'elle était actuellement bannie de plusieurs événements au sein de certaines branches de la famille.

Ses lèvres tressaillirent.

— D'après ce que je sais, tu es attendue. Alors, essaie de bien te comporter entre aujourd'hui et demain.

— Il vaut peut-être mieux que tu restes près de moi pour m'éviter d'avoir des ennuis.

— Je doute que quiconque soit capable de faire ça.

— Pas faux. Mais je pense quand même que tu devrais rester près de moi.

— Et pourquoi ça ?

— Parce que si je dois porter une robe, je ne mettrai pas de culotte.

Comme elle aimait son doux grognement.

— Pen !

L'attirant vers lui, il les guida à travers la foule qui grouillait, ignorant en grande partie leurs signes de tête et leur bonjour. Un oméga en mission. Il les conduisit jusqu'à un escalier qui les emmenait jusqu'au deuxième étage, puis au troisième. Le couloir avec son tapis de style oriental offrait un répit silencieux comparé à l'agitation qui avait lieu en dessous.

— Où allons-nous ? demanda-t-elle.

— Heureusement pour toi, je nous ai dégotté une suite.

Nous ? C'est-à-dire, nous deux ? Ils s'arrêtèrent au niveau de la porte au bout du couloir qu'il ouvrit en grand, révélant un petit coin salon très confortable et un énorme lit.

Un. Lit.

Poing levé.

— Mon Chou t'es le meilleur !

— Est-ce que ta réponse va me faire peur si je te demande pourquoi ?

Elle leva les yeux au ciel.

— Pour avoir pensé à nous obtenir la chambre qui avait le lit le plus solide évidemment !

— Qui a dit que nous dormirons tous les deux dedans ?

— Moi, évidemment.

— Seulement si tu es sage. Alors, fais de ton mieux pendant que je m'absente quelque temps. Tu trouveras des habits et quelques affaires dans la salle de bains.

— Où vas-tu ?

— Je vais repérer où sont mes vêtements et m'assurer qu'ils ont assez de nourriture pour moi. Disons que quelqu'un m'a ouvert l'appétit. Ça ne devrait pas prendre longtemps. Je reviens dans trente minutes à peu près.

Après lui avoir adressé un clin d'œil, il s'en alla.

Elle sourit et enroula ses bras autour d'elle. Quelle belle journée jusqu'à présent !

Après toute l'attention que Leo lui avait portée et sa façon d'agir actuellement, elle avait le sentiment que son instinct disait vrai. C'était le bon.

Mais il est parti.

Et alors ? Il avait promis de revenir. Elle espérait qu'il le ferait. Il n'y avait rien de pire que d'attendre un rencard qui ne se pointait jamais en ayant le ventre vide.

Enfin si, des soucis de voiture peut-être. Le mensonge flagrant de ce dernier rencard qui lui avait posé un lapin avait totalement justifié le fait qu'elle mette du sucre dans son réservoir à essence.

Mais pas besoin de planifier quelque chose de diabolique pour Leo. Leo allait revenir.

Parce que je suis en couple avec lui.

En tout cas, ils le seraient bientôt. Elle n'était pas sûre de pouvoir supporter toute cette histoire de respect encore très longtemps. Soit il allait devoir revoir ses principes afin d'assouvir son désir, soit il allait devoir la revendiquer et assouvir ses désirs quoiqu'il arrive. Dans tous les cas, il était hors de question qu'elle attende.

L'énorme lit attira son regard. Fait en bois de pin épais et robuste, il paraissait tout à fait rustique, assez solide pour supporter à peu près tout. Mais en ayant choisi cette chambre, Leo transmettait également un autre message. *Je crois que lui aussi en a marre d'attendre.*

Est-ce que ce soir était le grand soir ?

Avait-il l'intention de la revendiquer cette nuit ?

Les minutes s'écoulaient alors qu'elle regardait bêtement dans le vide, rêvassant et pensant à son ligre.

Plus particulièrement sur ce matelas recouvert de draps bleus et doux en fibres de bambou.

Leo va bientôt revenir.

Il était temps qu'elle se bouge les fesses.

Faisant un saut dans la salle de bains, elle remarqua un cintre sur un crochet derrière la porte dont le contenu était enveloppé dans un sac en plastique à fermeture éclair. Mais d'abord : une douche. Le shampoing et le savon l'appelaient, tout comme le rasoir qu'elle sortit d'un emballage neuf. L'eau chaude fit glisser les saletés de l'étang sur sa peau, la laissant propre et fraîche.

Assez propre pour qu'un certain ligre la dévore.

Se séchant avec une serviette, elle jeta un coup d'œil autour d'elle pour voir ce qu'elle pouvait utiliser. Comme dans un hôtel, la salle de bains était équipée d'un sèche-cheveux et de quelques produits capillaires basiques ce qui lui permit de réaliser une coiffure présentable. Une queue de cheval très haute qui se balancerait comme un fouet si elle dansait. Étant donné qu'elle pouvait entendre le bruit sourd de la musique au loin, alors qu'un

DJ jouait plusieurs morceaux, elle en conclut que le dîner serait suivi d'une danse.

Je me demande si j'arriverai à convaincre mon Chou de danser à nouveau avec moi.

Elle sortit de la salle de bains avec le porte-vêtement et le plaça sur le lit. Tirant sur la fermeture éclair, elle gloussa en apercevant une robe familière. Quelqu'un avait emballé et préparé la même robe qu'elle avait essayée lorsqu'elle et Leo s'étaient embrassés dans la cabine d'essayage du magasin de vêtements. C'était presque providentiel que ce soit celle qu'on lui ait apportée pour ce soir. Plus étrange encore, elle était accompagnée d'un soutien-gorge, mais il n'y avait pas de culotte. Elle jeta le sac et le secoua. Elle retourna même dans la salle de bains pour vérifier, mais revint les mains vides.

Était-ce un coup de Leo ?

Non, son Chou n'avait pas pu faire ça. Cependant, elle ne put s'empêcher d'être traversée par une vague de chaleur en imaginant qu'il ait fait en sorte qu'elle ait les fesses nues sous cette robe.

Repérant son sac à main sur la commode, elle retourna dans la salle de bains et ferma la porte, car la dernière chose dont elle avait besoin, c'était qu'on la fasse sursauter alors qu'elle appliquait son eye-liner. Elle parvint à se faire une petite beauté. Un eye-liner léger pour souligner ses yeux, du mascara – elle en mit deux couches, parce que la première fois, ses cils s'étaient collés– du gloss, parfum cerise, car c'était le fruit préféré de Leo.

Enfilant la robe, elle glissa les mains sur ses hanches

et ne put s'empêcher de prendre une grande inspiration. Cela faisait un peu plus de trente minutes. Elle avait regardé l'horloge sur la table de nuit avant d'entrer dans la salle de bains. Elle avait passé au moins cinq minutes à l'intérieur, mais n'avait entendu personne entrer dans la chambre pendant ce temps. Leo n'était pas là. La déception s'empara d'elle, prête à bondir. Sa lionne grogna pour la faire taire.

Elle allait attendre encore un peu avant de s'autoriser à croire qu'il ne reviendrait pas.

Il a peut-être été retardé ou...

Mauviette.

La lâcheté ce n'était pas son truc. Et elle avait faim. Soit Leo avait tenu parole, soit il avait menti. Et se cacher dans la salle de bains ne changerait rien. Elle sortit, furieuse, pour finalement se heurter à un mur de briques.

Elle recula de quelques pas et vacilla, pas seulement parce qu'elle venait de se cogner contre le torse de Leo. Son esprit aussi vacillait.

Il est venu.

Cela lui fit totalement perdre l'équilibre et elle tomba en arrière – *que quelqu'un crie timber*[2].

Mais elle ne tomba pas seule.

En tombant, sa main s'agrippa à la chemise de Leo, son pied s'emmêla autour de sa cheville – totalement par accident, vraiment – et ensemble, ils heurtèrent le sol. Même si, bizarrement, elle se retrouva au-dessus de lui. Il s'était retourné au dernier moment pour amortir leur chute.

Qu'est-ce que j'ai fait ? L'avait-elle beaucoup écrasé ? *S'il vous plaît, faites qu'il ne pleure pas.*

Elle détestait quand ils se mettaient à pleurer.

— Ça va, Pen ?

Il était vivant ! Elle releva la tête et regarda dans sa direction.

— Tu ne cries pas.

Il leva un sourcil.

— Pourquoi crierais-je ?

— Parce qu'on est tombé assez violemment sur ce sol dur.

— Ouais, mais il n'y a pas que le sol qui est dur, grogna-t-il.

Il n'insinuait quand même pas que... Elle se tortilla et adopta une posture plus adéquate pour vérifier – *effectivement, nous avons la confirmation qu'il parle de cette érection impressionnante.*

Il prit une grande inspiration.

Bon sang, avait-il menti sur le fait qu'elle ne lui avait pas fait mal ?

— Tu es blessé, mon Chou ?

— Oui, j'ai bobo, Pen. Tu me fais un bisou magique ?

Il lui fit un clin d'œil et les lèvres de Meena tressautèrent.

— Je commence à croire que je t'ai mal jugé, dit-elle.

— Moi ? Mal jugé ? répondit Leo en la faisant rouler sur le côté, puis il se releva et la tira vers le haut.

— Tu es bien plus coquin que ce que j'imaginais, dit-elle en souriant. C'est vraiment génial !

— Pas aussi génial que toi dans cette robe, Pen.

Son regard appréciateur sur sa tenue la réchauffa de la tête aux pieds et lui donna envie de le faire trébucher à nouveau pour le chevaucher. Elle doutait se lasser un jour de son goût pour ses courbes généreuses.

Mais son regard flatteur n'était rien comparé à la façon dont elle, le dévorait des yeux. Miam.

Vêtu d'un jean moulant et d'une chemise violet foncé qui faisait ressortir les reflets sombres de ses cheveux, il était très appétissant, et elle fut soudain affamée – car elle avait faim de lui.

Elle bondit sur lui. Il resta debout, ayant anticipé son enthousiasme. Il était également plus que prêt à recevoir ce baiser torride qu'elle planta sur ses lèvres.

Tant pis pour son gloss. Elle l'étala tout autour de sa bouche alors qu'elle goûtait cette délicieuse virilité qu'était Leo.

Elle aurait pu l'embrasser toute la nuit. Tant pis pour le barbecue et ses festivités. Elle avait tout ce qu'il lui fallait, juste ici. Avec lui.

Hélas, apparemment il ne voulait pas rater la fête, car il s'écarta.

— Nous ferions mieux d'y aller. Nous sommes attendus.

— C'est à la mode d'être en retard.

— Être en retard veut aussi dire que nous n'aurons plus que les restes du dîner.

— Pas faux. On ferait mieux de se dépêcher alors.

Elle ne protesta pas lorsqu'il la reposa par terre.

— Tu n'oublies pas quelque chose ? dit-il en regardant ses pieds nus.

— Quoi ? C'est quoi le problème avec mes orteils ?

— Il ne leur manque pas quelque chose ?

— Ah, aurais-tu changé d'avis sur le fait que j'aimerais les planter dans ton dos pendant que tu me fais un cunni ?

Un tic juste sous l'œil ? Check. Elle lui faisait de l'effet.

— Je veux dire qu'il leur manque ça, dit-il en pointant du doigt des chaussures à talons près de la porte.

Elle soupira. Bruyamment.

— Tu veux dire que je dois aussi porter des chaussures ?

— C'est une soirée semi-formelle.

— Tu es bien trop sérieux, mon Chou.

— Je n'aime pas que l'on me dise que je suis trop sérieux. Je suis aussi désinvolte que n'importe quel autre mec.

Elle ricana en enfilant ses talons.

— Prouve-le.

— Je n'ai pas mis de cravate.

— Pff. Et moi je ne porte pas de sous-vêtements, déclara-t-elle en passant devant lui dans le hall.

Ce ne fut pas la petite claque sur ses fesses qui la fit trébucher, mais plutôt ce que lui annonça Leo :

— Moi non plus.

---

1. National Football League
2. Expression utilisée par les bûcherons pour prévenir de la chute d'un arbre

CHAPITRE DIX-SEPT

Alors que Meena dévalait les escaliers, Leo se mit à la poursuivre. Il n'avait pas été très surpris d'apprendre qu'elle ne portait pas de culotte. Après tout, il avait spécifiquement demandé à Luna de ne lui en prendre aucune lorsqu'elle avait préparé ses affaires. Mais désormais, en observant Meena sautiller, avec ses jambes dénudées, il aurait aimé qu'elle en porte une. Cette jupe était terriblement courte.

Trop courte.

Trop accessible.

Et le lit ne faisait que s'éloigner.

Pourquoi avaient-ils quitté la chambre déjà ?

Ah ouais, la nourriture. S'ils voulaient survivre à cette soirée, ils avaient intérêt à bien manger. Il ne voulait pas qu'elle manque d'énergie plus tard.

Même s'il n'avait pas prévu de libertinage.

Pourquoi pas ?

Parce que ce soir il n'était pas question de s'éclipser pour quelques baisers volés et autre. La fête de ce soir n'était que le prélude d'une nouvelle vie en couple. Une soirée passée en compagnie d'amis et de la famille avant de passer aux choses sérieuses dès le lendemain.

Un mariage. Beurk.

Comme n'importe quel mâle sensé, Leo redoutait les mariages, comme tous les hommes. Mais là, il ferait une exception, pour Meena. Il savait qu'elle apprécierait la cérémonie. Il se demandait juste à quelle catastrophe il devait s'attendre.

Arrivant au rez-de-chaussée, il aurait pu éclater de rire en voyant les réactions que suscitait Meena. Apparemment, son rencard pour la nuit était connu de tous.

— Meena ! couina une voix aigüe d'un air jovial.

— Meena ! cria un gars d'un air paniqué avant de s'enfuir en courant.

Depuis son aveu cette après-midi, Leo se sentait encore plus en phase avec elle qu'auparavant. Il remarqua que Meena se crispa soudain en voyant ce connard sans cœur s'enfuir, la blessant.

Apparemment, le cousin Marco ne lui avait toujours pas pardonné de l'avoir frappé au visage avec un palet de hockey, il y a un an environ, avant qu'elle ne se fasse bannir. Et oui, Leo connaissait cette histoire. Tout le monde la connaissait. Marco était capable d'avoir beaucoup de rancune, mais pourrait-il encaisser un coup de poing ? Ils le découvriraient bientôt, car Leo avait bien l'intention de donner une leçon à son cousin et de lui apprendre le pardon un peu plus tard.

Avant ça, il prit la main de Meena et se pavana avec elle jusqu'aux longues tables recouvertes de plateaux de nourriture.

Ils arrivèrent assez tôt pour pouvoir faire leur choix et se servir. Deux fois de suite. Les gars qui s'occupaient du barbecue s'assurèrent d'empiler quelques burgers dans son assiette, avec une viande juteuse et épaisse.

Leo trouva une chaise, deux même, mais même avec une chaise de libre, cela ne l'empêcha pas d'attirer Meena sur ses genoux, ignorant le couinement inquiétant du fauteuil.

Apparemment, il n'était pas le seul à avoir entendu la menace de cette chaise pas contente.

— Mon Chou, on va finir par terre. Nous sommes trop lourds pour nous asseoir tous les deux sur cette chaise. Je vais plutôt m'asseoir sur celle d'à côté.

— J'emmerde la chaise. Tu restes sur mes genoux.

— Mais pourquoi ?

— Parce que j'aime ça.

Il adorait la surprendre. Le « O » de surprise de sa bouche était si évocateur.

Avant qu'elle ne puisse poser une autre question stupide, il fourra un morceau de pomme de terre rôtie dans sa bouche. Elle mordit son doigt au passage puis sourit.

— Miam. Encore !

Il lui donna une tomate cerise bien croquante. La façon dont elle pinça les lèvres juste avant de l'avaler l'hypnotisa.

Après ça, il n'était plus question de ne plus partager la chaise. Ils se donnaient mutuellement à manger et si quelqu'un passait et pouffait de rire ou ricanait en les voyant et trébuchait malencontreusement sur ses pieds de taille quarante-neuf, ce n'était pas de sa faute. Il fallait bien qu'il étire ses grandes jambes de temps en temps non ?

Le brouhaha du clan et de ceux qui étaient venus à l'improviste finit par bourdonner autour d'eux. Leo n'y prêta pas vraiment attention. Il était surtout intéressé par la femme posée sur ses genoux qui observait la situation autour d'elle avec des lèvres entrouvertes. Il pouvait sentir et voir à quel point elle était heureuse lorsque les gens venaient lui dire bonjour. Même la grande tante Cecily.

— Elle a probablement dû enfin me pardonner d'avoir enlevé les baleines de ses soutiens-gorge pour que celles-ci ne me piquent plus quand elle me faisait de gros câlins façon maman ours.

Hélas, ils ne purent pas rester tous les deux seuls toute la soirée. En tant que troisième homme sur le podium pour tout ce qui concernait le clan, ce ne fut pas surprenant de voir Hayder lui faire signe au bout d'un moment.

— Il faut que j'aille voir ce qu'il veut, dit-il en reposant Meena par terre. Je vais essayer de ne pas être long. Je n'ai qu'à nous ramener des boissons sur le chemin du retour, qu'est-ce que tu en dis ?

Il la quitta avec un baiser sur les lèvres et une petite tape sur le derrière. Hé, les fesses étaient bien faites pour les fessées, non ? Mais il ne partit pas longtemps. Vraiment pas longtemps, mais assez pour que Meena s'attire des ennuis.

Ou plutôt pour qu'elle sème le chaos.

Il était temps de la jouer oméga.

CHAPITRE DIX-HUIT

Il est temps de passer à l'étape supérieure.
Je suis sûre que Leo est le bon.

Ce n'était pas seulement le félin de Meena qui insistait. La femme en elle y croyait aussi. Non seulement Leo ne l'avait pas jetée quand il en avait eu l'occasion, mais il avait insisté pour qu'elle reste assise sur ses genoux pendant qu'il lui donnait quelques bouchées. À s'en lécher les doigts.

Dommage qu'il y ait tout ce monde. Cette érection dure qui pointait sous ses fesses, visible même à travers son pantalon aurait mérité un bon coup de langue.

Plus tard. Et ce « plus tard » mettait, selon elle, beaucoup trop de temps à arriver. Les taquineries de cette après-midi, loin d'apaiser son désir pour Leo, l'avaient surtout renforcé. Ce pauvre Leo allait devoir revoir ses principes et ses promesses, parce qu'elle refusait d'accepter que non, c'était non.

Ce soir, c'est le grand soir, mon Chou.

Dès que la fête se terminerait et que Leo aurait

terminé la tâche que lui avait confiée Hayder, elle l'attirerait plus loin et coucherait avec lui.

Grrr.

Elle siffla comme un chat, les lèvres pincées, en regardant Leo s'éloigner. Bon sang, qu'est-ce que son joli cul était agréable à regarder dans ce jean moulant.

Je crois que je suis amoureuse.

Ou bien quelqu'un avait drogué la nourriture, parce que cette langueur étourdissante et cette envie de sourire comme une folle étaient irrépressibles.

Elle n'avait jamais été aussi heureuse, surtout que, quand Leo était parti, il ne l'avait pas fait avec hâte ni empressement. Au contraire, il avait semblé contrarié. Comment l'univers osait-il les interrompre ?

Désormais, son plus gros dilemme était de savoir comment passer le temps en attendant son retour. *Et il faut que je sois sage.* Il voulait qu'elle se comporte bien. Elle était bien capable de faire ça quelques minutes, non ?

Repérant un groupe de filles, incluant Zena et Reba, elle s'avança vers elles.

— Hé, les meufs, quoi de neuf ?

— Je n'arrive pas à y croire. Les chirurgiens ont réussi à les séparer ! s'exclama Zena. Je commençais à me demander si quelqu'un ne vous avait pas aspergé de super glue tous les deux.

— Tu veux dire comme la fois où j'ai fait ça à Callum ?

Son premier petit-ami quand elle avait treize ans n'avait pas apprécié son coup de foudre. Oui, il avait fallu tremper leurs mains dans de l'acétone pendant plusieurs heures pour les séparer, et alors ? Un garçon intelligent aurait profité de ce temps libre pour passer à l'étape supérieure au lieu de flipper.

— Depuis, il sursaute dès que quelqu'un essaie de lui prendre la main, remarqua Reba. Alors, qu'est-ce qu'il se passe avec toi et Leo ? Vous êtes en couple maintenant ?

Vu son comportement en public ?

— Carrément.

— Mais Leo quand même. De tous les mecs avec qui je t'imaginais sortir, je ne me serais jamais attendue à ce que tu le choisisses lui.

Meena lui tira la langue.

— Vas-y, fais ta jalouse. Je ne t'en veux pas. Mon homme est génial.

— Ou bien c'est un doppelganger[1]. Sérieusement Meena, on ne l'a jamais vu comme ça. Comment as-tu fait pour qu'il tombe amoureux de toi comme ça ?

En étant elle-même, bizarrement.

Meena discutait avec ses cousines, essayant de ne pas trop parler de Leo, mais alors qu'elle papotait, elle remarqua deux femmes, l'une d'entre elles presque aussi grande qu'elle, mais plus fine, parfaitement maquillée et coiffée. Elle et ses amies n'arrêtaient pas de regarder Meena pour ensuite ricaner, jusqu'à ce qu'elle leur demande :

— Qu'est-ce qu'il y a de si drôle ?

— Rien.

Elles éclatèrent de rire.

Meena baissa les yeux vers elle et s'observa, mais ne vit rien de particulier.

— J'ai encore renversé de la nourriture sur moi ou quoi ?

— Non.

— Alors quoi ?

— Comme si tu ne pouvais pas deviner, dit la grande blonde en haussant les épaules. C'est juste... toi et Leo.

— Ouais et ben quoi ?

— Non mais toi et Leo, sérieusement ?

— Ouais et alors ?

— C'est juste que, vous êtes si différents. Il est tellement tout propre sur lui. Alors que toi tu es une catastrophe ambulante. Honnêtement, je ne vois même pas ce qu'un homme pourrait voir en toi.

L'inconnu soulignait un point. Certes, ils étaient totalement opposés, mais elle trouvait justement que cela leur permettait de se compléter. Cependant, le fait que cette fille le remarque et se serve de ses anciens complexes ne lui plaisait pas du tout.

Au lieu de s'en prendre à cette connasse pour avoir souligné sa faiblesse et de la frapper accidentellement au visage, Meena pensa qu'il valait mieux partir. Pour une fois, elle agirait de façon mature. Elle se comporterait bien et rendrait Leo fier.

Du moins, c'était son intention. Mais ensuite...

— C'est ça, barre-toi, gros cul, ricana l'autre d'un air moqueur. Et c'est ça la grande et méchante Meena dont j'ai entendu parler ? Ah ! C'est plutôt la vilaine cousine dont personne ne voulait. Pauvre Leo. Je devrais peut-être lui montrer qu'il n'a pas à se contenter des restes.

Je rêve ou cette salope me menace de draguer mon homme ?

Colère noire ! Colère noire ! Et hop, toutes ses bonnes résolutions s'envolèrent.

Avant même que la connasse n'ait le temps de cligner des yeux, Meena était déjà sur elle. Littéralement.

Elle tacla l'autre blonde qui émit un « Humph ! ». Attrapant ses cheveux dans sa main, elle cogna la tête de la fille sur le sol.

— Ne – *Paf !* – T'approches pas – *Évite de lui arracher les doigts* – De – *Sa tête rencontra à nouveau le sol* – Mon mec – *Oups, elle arracha un morceau de cheveux.*

Même si Meena avait eu l'effet de surprise, l'autre blonde, pas du genre délicate non plus, s'en remit assez rapidement et riposta.

— Espèce de salope putain ! Je vais te scalper.

Et c'est ainsi qu'elles finirent par rouler au sol, piétinant l'herbe, s'arrachant mutuellement les cheveux, ne parvenant pas à assener de coups de poing efficaces à cause de leur proximité.

Il ne fallut pas longtemps à Meena pour prendre le dessus. Elle chevaucha la blonde grande gueule. Elle venait à peine de lever son poing pour un coup bien visé, lorsque soudain, un sifflement strident retentit ainsi qu'une voix qui l'arrêta net.

— Pen, mais qu'est-ce que tu fais bon sang ?

---

1. Sosie ou double d'une personne vivante

CHAPITRE DIX-NEUF

Leo ne fut pas si surpris par les cris et les sifflements ni par le fait de découvrir que Meena était au cœur du chaos. Sa chère fleur délicate se trouvait au sol, en train de se battre avec Loni, une lionne qui était venue en ville pour le mariage. La même Loni qui lui avait fait de nombreuses avances ces dernières années, mais avec son côté princesse en demande d'attention, il avait préféré garder ses distances.

Il se demanda ce qui avait pu provoquer ce crêpage de chignon. Il réalisa une fois de plus qu'il aurait aimé que Meena porte une culotte. L'exposition temporaire de ses parties intimes faisait ressortir son côté possessif – qui avait vraiment envie de grogner « La mienne. Ne regardez pas ». Cela réveillait également en lui l'amant affamé qui avait envie de la hisser par-dessus son épaule et de l'emmener dans un endroit privé pour se jeter ensuite sur elle.

Mais au moins, toutes les personnes qui se tenaient près de la bagarre et qui étaient témoins de ses fesses nues étaient toutes des femmes. Le problème ? C'était justement qu'il n'y avait que des femmes. Sa méthode habituelle qui consistait à cogner quelques têtes entre elles pour gagner du temps ne fonctionnerait pas dans cette situation. Les garçons ne tapaient pas les filles.

Alors comment stopper cette bagarre entre filles ?

Il mit ses doigts dans sa bouche et siffla. Le sifflement strident retentit par-dessus le brouhaha. Le silence s'installa soudain et il dit :

— Pen, qu'est-ce que tu fais bon sang ?

Meena, le poing en l'air, prête à assener un sacré coup, se figea. Elle tourna la tête et sourit gentiment. Elle ne semblait absolument pas culpabiliser d'avoir été prise en flagrant délit de mauvaise conduite.

— Donne-moi juste une seconde, mon Chou. J'ai presque terminé.

Il leva un sourcil.

— Pen, dit Leo d'un ton dissuasif. Tu devrais peut-être laisser partir Loni et arrêter de la frapper.

— Probablement. Mais le souci, c'est que j'ai vraiment envie de lui casser la gueule.

Voyant là une échappatoire, Loni tourna la tête et pleurnicha :

— Enlevez-moi cette putain de folle ! Je n'ai rien fait. C'est elle qui a commencé. C'est toujours elle qui fout la merde. On n'aurait jamais dû suspendre son exclusion. Elle ne fait que causer des problèmes. D'ailleurs, c'est ce qu'elle a toujours fait.

Reba et Zena ouvrirent la bouche, prêtes à prendre la défense de Meena, mais Leo leva la main. Elles tinrent leurs langues – pas facile pour des félines – mais leur regard était assez éloquent.

Leo se focalisa sur Meena.

— Pen, est-ce que c'est vrai ? Tu lui as sauté dessus ?

Ses épaules s'affaissèrent.

— Ouais.

— Pourquoi ?

— Est-ce vraiment important ? demanda-t-elle.

— Pour moi, oui. Pourquoi veux-tu lui casser le nez ?

— Elle a dit que nous n'étions pas faits pour être ensemble et qu'elle devrait peut-être te prouver qu'elle est un meilleur choix, raconta Meena qui ne put s'empêcher de grogner en expliquant à haute voix la raison de sa colère.

— Frappe-la.

Dire que quelques personnes restèrent bouche bée serait un euphémisme. Mais personne ne fut plus surpris que Meena face à cet ordre qu'il venait de donner.

— Sérieusement ?

— Ouais, sérieusement. Étant donné que n'importe quel imbécile est capable de voir que nous sommes ensemble, ce qu'elle a dit est simplement méchant et injustifié. Quand on compte ouvrir sa bouche, il faut être prêt à en payer le prix. Comme je ne peux pas vraiment frapper Loni pour avoir causé des problèmes, en tant qu'oméga du clan – et oui, il gonfla la poitrine et prit son air le plus sérieux – je te donne la permission de le faire.

Permission accordée et pourtant, Meena ne frappa pas Loni. Au contraire, elle se leva, lissa sa jupe et releva la tête, faisant valser sa queue de cheval.

— Pas besoin de lui casser la gueule. Tu viens juste

d'admettre devant un public que nous sommes ensemble. Ça mérite une tournée de shooters. Wouhou ! cria Meena en levant le poing. Dans ta face, pétasse !

Il soupira et se posa des questions sur sa santé mentale, car il ne pouvait pas s'empêcher de désirer la femme la plus excentrique qu'il ait jamais rencontrée. Leo descendit la bière qu'il tenait dans sa main puis piqua celle de Luna qui passait à côté de lui. Il but également la sienne.

La soirée ne faisait que commencer et il allait avoir besoin d'aide s'il voulait survivre – sans entraîner Meena un peu plus loin pour quelque chose de sérieusement torride.

Comme elle était belle alors qu'elle buvait plusieurs shooters, dansant au son des musiques qui étaient diffusées par les enceintes placées autour du jardin qui avait la taille d'un terrain de football. Étant donné qu'elle pouvait encore causer des ennuis – si elle flirtait un peu trop avec n'importe quel mec – Leo resta à proximité, mais il ne dansa pas. Il n'était pas sûr de pouvoir se contrôler s'il s'approchait un peu trop près d'elle. Il n'avait pas envie de faire face aux remarques et rictus s'il décidait de l'emmener dans les bois pour coucher avec elle. À vrai dire, il avait surtout peur qu'elle tente de l'entraîner plus loin pour coucher avec lui.

Il faut que je tienne ma parole. En revanche, cela ne servait à rien de lutter pour garder un esprit sain. Il avait perdu la tête dès le moment où il l'avait rencontrée. En vérité, il avait perdu beaucoup de choses, mais bizarrement, il ne s'en plaignait pas.

Le changement n'était pas toujours une mauvaise chose.

Son ligre se réveilla soudain avec un grognement d'avertissement. *Fais gaffe.*

Malgré son instinct qui lui criait de se retourner et de faire face à cette menace qui approchait, il ne bougea pas d'un pouce quand un homme très costaud s'avança pour se tenir à ses côtés.

— C'est toi Leo ?

— Ouaip.

— Tu es celui sur lequel ma fille a jeté son dévolu ?

— Ouaip.

L'autre homme grogna. Pendant un instant, ils se regardèrent en silence.

— Juste pour que tu le saches, Meena est ma petite fille chérie.

— Je le sais.

— Elle est putain de fragile, grommela le père de Meena alors que celle-ci tapait du pied sur le sol au rythme de la musique.

Son talon se prit dans la terre, elle le tira, le cassa, tituba et tomba, cognant le plateau de boisson d'un serveur qui le tenait dans ses mains.

— Je la protègerai du danger.

Même si le danger venait parfois d'elle-même.

— Si jamais tu la fais pleurer, je te pourchasserai et t'écorcherai vif. Je peux négocier un prix très intéressant pour la fourrure d'un ligre sur le marché noir.

La menace ne le fit même pas cligner des yeux.

— Même si je ne peux pas approuver le meurtre et la vente d'un membre du clan, je comprends votre réaction, monsieur. Mais ne vous inquiétez pas. Je n'ai absolument pas l'intention de la faire pleurer.

Crier oui, mais ce serait de plaisir et ce n'était pas quelque chose qu'il souhaitait partager.

— Tu es prévenu.

Sur ces mots, l'homme rejoignit la foule et laissa Leo qui se remit à surveiller. Pendant un moment encore, il observa Meena, amusé par le fait que les problèmes aimaient rôder près d'elle. Mais malgré ses mésaventures, rien ne pouvait lui enlever ce sourire sur ses lèvres.

Sauf l'arrivée d'un certain invité.

CHAPITRE VINGT

Balançant ses hanches et ses bras, Meena faisait la fête. Cela faisait un petit moment qu'elle n'avait pas passé du bon temps durant une fête de famille, notamment une à laquelle elle avait le droit d'assister.

Le jardin entier était bondé, ce qui lui fit se demander où ils comptaient se loger ce soir. Elle savait que, à part la ferme d'origine, la propriété possédait quelques chalets pour ceux qui souhaitaient avoir un peu d'intimité et elle remarqua quelques tentes au loin, mais elle se demanda combien d'invités finiraient sur des canapés, par terre ou finiraient par s'écrouler sur l'herbe.

Les félins n'étaient pas très exigeants quant aux endroits qu'ils choisissaient pour dormir. Même un arbre ferait l'affaire.

Elle n'avait pas à se soucier de l'endroit où elle dormirait ce soir. Un certain ligre s'en était assuré. En parlant de Leo, où diable était-il passé ?

Pendant un moment, elle avait senti et vu qu'il l'observait, témoin de ses pas de danse sensuels. Elle aurait aimé qu'il la rejoigne.

Mais une fois de plus, ce genre de rassemblement familial n'était pas vraiment l'endroit idéal pour la danse un peu lascive et coquine qu'elle avait en tête.

Alors que le crépuscule laissait place à la nuit, elle décida de partir trouver son homme. Certes, ça faisait peut-être un peu trop cucul, mais elle avait besoin d'être rassurée par son sourire et peut-être même par un doux baiser. Et oui, elle avait aussi l'intention de tripoter son corps magnifique, histoire de rappeler aux filles ici présentes qu'il était pris.

Elle salua et sourit à certaines personnes en croisant des visages familiers, certains crièrent même : « Meena ! » et levèrent leurs verres pour porter un toast. Certaines firent aussi des signes de croix et une femme murmura :

— Tu es sûr que nous serons couverts par notre assurance ?

Écrasez accidentellement le capot d'une voiture en faisant du trampoline et vous pouvez être sûr que tante Flore ne l'oubliera jamais.

Vu le nombre de personnes qui grouillaient de partout, elle se demanda pour qui était cette pré-fête. Leo avait mentionné un mariage impromptu le lendemain, mais elle n'avait toujours pas trouvé qui étaient les futurs époux.

C'était peut-être Arik qui voulait finalement que sa petite compagne Kira devienne officiellement sa femme. Pour le moment, ils vivaient dans le péché, du moins, c'était ce que sa mère disait. Apparemment, s'installer ensemble avant d'être mariés faisait partie de la liste de choses qu'une jeune femme convenable ne devait pas faire. Rien que pour ça, Meena avait envie de le faire pour entendre ce discours et ce ton si particulier que lui réservait toujours sa mère.

Hélas, aucun homme n'était assez fou pour prendre le risque – dangereux – de vivre avec elle et puis personne n'osait contrarier son père. Le tee-shirt préféré de Papa avait une inscription dessus qui disait : « Vas-y, ose toucher à ma fille. Je n'ai pas peur de retourner en prison ».

Scrutant la foule du regard, elle remarqua le bêta du clan, les bras enroulés autour de sa compagne louve. Elle doutait que ce mariage fût pour Hayder et Arabella qui s'étaient récemment mis en couple et qui, apparemment, étaient partis à Las Vegas une nuit et étaient revenus mariés, à la Elvis.

Alors qui était donc l'heureux couple ?

Meena doutait faire un jour ce truc de mariage. Tout d'abord, même si elle savait que Leo était son âme sœur, il ne semblait pas du genre à vouloir le remue-ménage qu'impliquait un mariage tout en blanc. Sans parler du fait que, elle et la couleur blanc ne s'entendaient pas très bien. Si elle faisait tomber de la sauce salsa, celle-ci atterrissait toujours sur ses seins.

De plus, elle pouvait imaginer le bazar qu'elle provoquerait si elle portait le même type de robe à volants que sa mère à son propre mariage. Elle blesserait probablement une douzaine d'invités si elle se retournait dans le mauvais sens.

Après réflexion, ça semblait plutôt amusant. Note à elle-même : prendre une énorme robe de mariée pour

Halloween et aller à une fête en jouant l'épouse décédée.

Agréablement absorbée par ses propres pensées, elle ne remarqua que trop tard cette main qui se tendait vers elle. Quelqu'un attrapa son bras et la fit pivoter. Par réflexe, elle frappa son assaillant, pour ensuite se heurter à un mur aussi solide qu'un roc. Sauf que ce n'était pas le mur qu'elle espérait voir.

— Oh, c'est toi.

— Ta joie en me voyant est bouleversante, mon amour, dit Dmitri en relâchant le bras de Meena pour poser la main sur son torse.

— Tu veux voir de la joie ? Retourne-toi et va-t'en.

— M'en aller ? Mais je viens juste d'arriver.

— Pourquoi es-tu là ? Est-ce que c'est encore un stratagème pour essayer de me kidnapper à nouveau ?

— Tu dis ça comme si c'était une mauvaise chose, pourtant, les romans d'amour pour femmes n'impliquent-ils pas des enlèvements et de la séduction ? rétorqua Dmitri en ondulant des sourcils, une tentative de séduction ratée.

— Tu n'es pas un viking et je ne suis pas une demoiselle en détresse. Donc non. Et de plus, je suis prise.

— C'est ce que j'ai entendu oui et pourtant – il renifla – je ne sens toujours pas la marque de l'accouplement.

— Leo n'est pas du genre à se précipiter. Il aime prendre son temps. Il prépare l'événement principal. Tu sais, les préliminaires, tout ça.

Taquiner et être dans le déni, de quoi rendre une femme folle. Ou du moins, encore plus folle que d'habitude.

Dmitri eut un rictus.

— Moi aussi je peux faire les préliminaires et te donner du plaisir. Bien plus que ce gros lard ne pourra jamais le faire.

Elle leva les yeux au ciel.

— Oh mon Dieu. Tu ne lâches pas l'affaire, hein ?

— Pas quand tu es le prix à gagner.

— Tu parles de mes hanches parfaites pour enfanter et mes excellents gènes ?

— Exactement.

— Je ne vais pas t'aider à démarrer une lignée de bébés géants.

— Je n'ai jamais dit que tu devais être consentante.

— Et tu te demandes encore pourquoi tu as du mal à trouver une femme, dit-elle en levant les yeux au ciel.

— Tu sais, c'est précisément cette attitude qui m'a fait revoir mon plan de t'enlever et de faire de toi mon épouse.

— C'est pas trop tôt. Mais si tu n'es pas là pour me kidnapper, que fais-tu ici alors ? Et pourquoi personne ne te jette dehors ?

— Parce que j'ai été invité.

— Qui est assez stupide pour faire ça ? demanda-t-elle.

— Moi.

Tournant les talons, elle trouva Leo, tenant deux bouteilles de bière humides, l'une brune et mousseuse, l'autre blanche avec une tranche de citron à l'intérieur. Elle saisit la brune et la but en entier avant qu'il ne lui donne celle qui était « pour les filles ».

Une fois qu'elle eut étanché sa soif – et ce sans roter,

parce qu'après tout elle était quand même une dame – elle demanda :

— Pourquoi as-tu invité le roi de la misogynie ?

— Pour pouvoir lui montrer ça.

Leo fit tourner Meena dans ses bras et plaqua sa bouche sur la sienne. Un smack surprise. Un coup de langue qui était le bienvenu. Un public peu impressionné.

Un bruit de dégoût gâcha l'ambiance.

— Est-ce vraiment nécessaire ? J'ai déjà renoncé à la demoiselle.

— Je m'assure juste que tu as bien compris, remarqua Leo en reprenant sa respiration.

— Et dire que j'avais entendu que c'était toi le plus fairplay, dit Dmitri sèchement.

Leo le fixa d'un regard froid et menaçant. Tellement sexy.

— Je suis peut-être fairplay, mais si je joue, c'est pour gagner. Et je ne partage pas non plus. Meena est à moi.

Ah oui ? Que les zoologistes qui affirmaient que les lions ne pouvaient pas ronronner aillent se faire voir ! Son félin émettait clairement un bruit joyeux.

Elle enroula ses bras autour de Leo, pas seulement parce qu'elle était très contente, mais aussi parce que cette dernière bière, en plus de tous les shooters, la rendait un peu étourdie.

— C'est moi où le terrain est penché ?

— Je crois qu'il y en a une qui est prête à aller au lit.

La prenant dans ses bras, Leo l'emmena loin de la fête.

Quant à ceux qui criaient des remarques obscènes –

comme si elle avait besoin qu'on lui donne des idées pour séduire son ligre un peu trop sérieux – Leo leur jetait des regards noirs. Apparemment, il était un oméga qui n'avait pas besoin de compter sur sa voix pour que les gens lui obéissent.

Ils arrivèrent à leur chambre sans encombre, son homme fort la portant tout le long avec une force impressionnante. Ce qui était également une bonne chose, car Meena avait du mal à garder les yeux ouverts.

La fatigue et l'alcool semblaient déterminés à conspirer contre elle. Même pas en rêve ! Ce soir c'était le grand soir. Le moment qu'elle avait tant attendu. Elle n'allait pas laisser une chambre qui tournait dans tous les sens et des paupières lourdes comme si elles étaient faites de ciment se mettre en travers de son chemin.

Alors que Leo se penchait pour la poser sur le lit, elle resserra son étreinte, ne le laissant pas s'éloigner.

— Embrasse-moi, demanda-t-elle.

— Je ne devrais pas.

— « Je ne devrais pas » ne t'a pas empêché d'agir en début de soirée.

— Sauf qu'en début de soirée, tu n'étais pas à moitié inconsciente.

— On peut s'arranger. Si on y va doucement, tout ira bien. Après, ne t'attends pas à ce que je m'agrippe à un chandelier et me balance. La dernière fois que j'ai fait ça, tout le plafond est tombé.

— Je n'ai pas vraiment envie de t'entendre parler de tes exploits sexuels, grogna-t-il.

Leo était adorable quand il était jaloux.

— Oh, mais je n'ai pas fait ça pour du sexe. On jouait

à Tomb Raider. Et j'aurais pu m'enfuir avec le trésor si les boulons avaient tenu.

— Tu es incroyable, murmura-t-il, écartant quelques mèches de cheveux de son visage, ses caresses si douces.

— Je suis à toi, murmura-t-elle alors que ses cils se fermaient et qu'elle perdait la bataille.

— C'est vrai tu l'es, c'est pourquoi je suis désolé de devoir partir.

— Partir ?

Ses yeux s'ouvrirent à peine. Le sommeil s'abattit sur elle, la suppliant de succomber.

— Tu ne t'en vas pas, hein ?

Des yeux bleus très sérieux rencontrèrent les siens – quatre même. Bon sang, maudits Jell-O Shots[1] !

— Si, il le faut si je veux tenir ma promesse. Je ne me fais pas assez confiance pour rester avec toi. Tu es bien trop tentante. C'est pour ça que j'ai glissé un petit quelque chose dans ta bière.

---

1. Shooters américains à base de gelée et d'alcool

CHAPITRE VINGT-ET-UN

En admettant ce qu'il avait fait, Leo ne put s'empêcher de grimacer et elle lui lança un regard étonné.

— Tu m'as droguée ?

Elle cligna des yeux. Longtemps et lentement. La drogue essayait de la faire basculer.

Il tenta de s'expliquer.

— J'étais obligé. C'était la seule façon de tenir ma promesse.

— Mais c'était notre chambre. C'est toi qui l'as dit, balbutia-t-elle, ses cils battant contre ses joues.

— Oui.

Enfin, oui, ce sera notre chambre. Demain, tout changerait.

— Tu es tellement... tellement.

Il lui coupa la parole avec un baiser, un baiser plein de langueur, de désir et d'une affection qu'il n'aurait jamais imaginé avoir pour cette femme, il y a quelques jours de ça.

Meena. Un véritable ouragan bavard qui le faisait se sentir en vie.

Comment pouvait-il expliquer à quel point le fait de ne pas la toucher lui faisait mal ? Comment pouvait-il lui faire savoir qu'il regrettait sa promesse, qu'il aurait aimé, plus que tout, pouvoir lui enlever cette fichue robe, promener ses mains le long de son corps soyeux et la revendiquer de tout son être ? La marquer de son empreinte.

J'ai envie de te faire mienne.

Mais il ne pouvait pas. Pas encore. Comprendrait-elle ? Lui pardonnerait-elle ?

— Plus qu'une seule nuit, Pen. Fais-moi confiance.

Elle ronfla.

Elle avait perdu son combat avec le somnifère qu'il avait glissé dans sa bière.

Il posa son front contre le sien, fermant les yeux pendant un instant. *J'espère qu'elle va me pardonner.* Ses actes lui semblaient extrêmes, même pour lui.

Pourquoi ne pouvait-il pas simplement la revendiquer et leur donner ce qu'ils désiraient tous les deux ? Qui droguait la femme qu'ils voulaient revendiquer au lieu de rompre une promesse stupide ?

Lui.

Pff, quel imbécile. Ah, ce qu'il ne faisait pas pour le respect – et l'amour.

J'ai besoin d'une putain de bière. Ou plutôt d'un fut entier. Cependant, il doutait qu'il y ait assez d'alcool pour noyer le cri intérieur de son félin.

Reprends-toi, sinon je laisserai Clara décorer ta

crinière avec des rubans la prochaine fois que l'on se transformera.

Des rubans roses, en plus.

CHAPITRE VINGT-DEUX

Lorsque Meena se réveilla, quelqu'un était assis sur sa poitrine. Étant donné que cela l'écrasait et qu'en plus, non seulement cela l'empêchait de respirer, mais aussi de dormir, elle comprit enfin pourquoi cela insupportait son frère quand elle le faisait. Notamment lorsque la personne assise sur elle décida d'enlever l'oreiller qui se trouvait sous sa tête et de la frapper avec.

Ouvrant un œil, elle jeta un regard noir à Zena.

— Pourquoi as-tu envie de mourir ?

Plus la peine d'espérer se réveiller de bonne humeur. Elle se rappelait un peu trop bien que Leo l'avait droguée la nuit dernière pour ne pas devoir coucher avec elle. Pff, quel connard stupide et respectable. En voilà un qui allait un peu trop loin pour tenir sa promesse.

Surtout que tout ce qu'il a à faire, c'est de me revendiquer et ensuite le probleme est résolu.

Mais il avait préféré s'en aller.

N'a-t-il donc pas envie de me revendiquer ?

Pourtant, c'était ce qu'elle avait cru, mais désormais, vu sa façon d'agir, elle se posait des questions.

Sa lionne intérieure la gifla mentalement. *Évidemment qu'il te désire. Qui ne le ferait pas ?*

Qu'est-ce que c'était que ce manque de confiance en soi ?

Je suis géniale.

Tellement géniale qu'il était parti et maintenant, elle se faisait torturer par des démons, aussi connus comme étant ses cousines.

Zena lui tapota le bout du nez et sourit.

— Eh bien, bonjour à toi aussi madame la drama queen. Je vois qu'il y en a une qui n'est pas de bonne humeur.

— Toi non plus tu ne le serais pas si on t'avait droguée et mise au lit.

Zena ricana.

— Je n'arrive toujours pas à croire que Leo ait fait ça. La plupart des mecs t'auraient simplement enfermée dans une chambre et demandé de bien te comporter.

— Comme s'il existait un seul verrou qui puisse me résister.

— C'est ce que je lui ai dit, annonça Reba en bondissant sur le lit. C'est aussi pour ça qu'on a mis des somnifères dans la dernière bière que tu as bue.

— Vous l'avez aidé et encouragé à me casser mon coup ? Je croyais qu'on était amies, les accusa Meena sur un ton des plus amers.

— Nous le sommes, c'est pour ça que nous approuvons totalement son plan. Ça fait plaisir de voir un homme qui est déterminé à te respecter. On a pensé que tu apprécierais.

Ben bien sûr, donnez-lui le bon rôle. Celui du héros. En attendant, cela n'apaisait pas sa libido qui la faisait souffrir.

— Donc vous avez mis des somnifères dans les bières.
— Juste celle-là.

Meena fronça les sourcils.

— Comment ça, juste celle-là ? Comment saviez-vous que j'allais boire celle-ci ? Il m'a tendu la bière blonde. J'ai pris la sienne à la place.

Meena reçut un postillon sur le visage puis s'essuya en jetant un regard noir à Zena qui éclatait de rire, sans aucune gêne.

— J'étais sûre que tu ferais ça ! En mode euh les bières blondes c'est pour les mauviettes !

— J'en reviens pas que tu l'aies bue aussi vite par contre, dit Reba en secouant la tête. Ce truc t'a fait sombrer plus vite que ce à quoi on s'attendait. Leo a à peine eu le temps de t'amener jusqu'ici avant que tu ne te mettes à ronfler.

— Mais il n'est pas resté.

Cet imbécile de gentleman n'avait pas profité d'elle.

— Non, car il a dit qu'il ne se faisait pas assez confiance pour le faire, expliqua Reba en soupirant. C'était trop mignon. Tu aurais adoré voir à quel point il était frustré.

Une frustration qu'elle voulait apaiser, sauf qu'un certain oméga très honorable continuait de lutter contre elle.

— J'ai adoré à quel point il voulait s'assurer que tu

sois bien en sécurité. Il nous a soudoyées, Reba et moi pour te garder quand tu étais comateuse pendant qu'il allait jouer aux cartes et boire avec ton père et le Russe.

— Mon père est là ?

Meena fronça les sourcils, ce qu'elle faisait rarement. Comment se faisait-il qu'elle ne soit pas au courant que son père était venu lui rendre visite ? N'était-il pas censé être encore en vacances ?

— Ouaip, il est là et ta mère aussi. J'ai entendu dire que ta sœur devrait également arriver ce matin pour le mariage.

Ah oui, ce stupide mariage. Comme si elle voulait envier le bonheur d'un autre couple alors que son homme préférait la droguer que la baiser.

— Argh, je suis vraiment obligée de venir ? Je préfère traîner au lit.

— T'es folle ou quoi ? Tu ne peux pas rester au lit. Tu vas louper le plus drôle. Allez, bouge ton cul. Il faut qu'on se prépare.

— L'aube vient juste de se lever bon sang. Combien de temps vous pensez que ça prendra d'enfiler une robe et de mettre un peu de gloss ?

— Tu as bien plus à faire que ça. Il faut que tu te rases les aisselles et ces trucs poilus que tu appelles des jambes.

Foutus gènes de métamorphes. Les hommes se plaignaient de leurs barbes qui repoussaient trop vite. Elle, elle sentait à nouveau ses poils seulement quelques heures après les avoir rasés. L'épilation était la seule chose qui durait plus de vingt-quatre heures.

— Il faut aussi qu'elle mange.

— Bien vu. Elle devrait probablement manger juste

avant d'aller à la douche pour être toute propre quand la coiffeuse arrivera.

— La coiffeuse ? Pourquoi j'aurais besoin d'une coiffeuse ?

— Pour ta coiffure, idiote. Ensuite il y aura la maquilleuse.

Elle ne rouspéta pas vraiment pour la maquilleuse étant donné qu'elle et l'eye-liner ne s'entendaient pas très bien.

— Pourquoi est-ce que je dois porter du maquillage ? pleurnicha-t-elle. Pourquoi est-ce que vous me torturez comme ça ?

— Ben, enfin petite sotte tu as bien envie d'être belle le jour de ton mariage, non ?

Meena cligna des yeux. Plusieurs fois à vrai dire. En temps normal, elle aurait eu une sacrée répartie, mais là, actuellement, elle était sans voix – un fait très rare qui méritait d'être marqué sur le calendrier. Elle digéra ce que venait de dire Zena. Mais cela ne faisait aucun sens. À moins que...

— Je n'épouserai pas ce tigre têtu. Est-ce que mon père ou Leo m'ont livrée à lui parce qu'ils ont perdu aux cartes ou un truc comme ça ?

— Non. Ton mariage ne s'est pas fait à cause d'un pari perdu, ricana Reba.

— Peu importe. Je me fiche de savoir avec quoi Dmitri a menacé Arik ou quelle somme il a offerte pour soudoyer le clan. Je ne l'épouserai pas.

— Dmitri ? Tu veux dire le russe sexy ? Il aurait été mon premier choix, mais malheureusement pour toi, aujourd'hui tu vas épouser le bon vieux et ennuyeux Leo.

— Leo ? Je vais épouser Leo ?

Elle avait sûrement imaginé ce qu'elles venaient de lui dire, non ? Elle devait probablement être encore en train de dormir. C'était forcément un rêve. Meena se gifla.

Reba s'écria :

— Meuf, qu'est-ce que tu fais ?! Tes bleus de la veille après ta bagarre avec Loni se sont à peine estompés.

— J'ai cru que vous me disiez que j'allais épouser Leo aujourd'hui. Je m'assurais juste d'être bien réveillée. Mais maintenant que j'ai retrouvé mes esprits, vous pouvez arrêter de vous foutre de ma gueule et me dire qui se marie vraiment.

Zena attrapa ses joues et la regarda droit dans les yeux.

— Tu. Vas. Épouser. Leo. Aujourd'hui. Dans genre, quelques heures. Alors arrête de faire la conne.

La nuit dernière, il l'avait droguée pour ne pas devoir la revendiquer. Et aujourd'hui, il comptait l'épouser ?

— Mais comment est-ce possible ? Pourquoi ?

— Apparemment, quand ton père a demandé à Leo de ne pas te déflorer...

Zena ricana.

— C'est un peu tard pour ça.

— ...Leo a dit que s'il fallait s'accoupler avec toi pour ça, alors il le ferait bon sang ! Bon, il l'a dit plus gentiment évidemment. Puis ensuite, apparemment ta mère s'en est mêlée, elle a arraché le téléphone des mains de ton père et a dit à Leo de ne pas perdre de temps et de le faire tout de suite avant qu'il ne change d'avis, et que tu avais de la chance d'avoir trouvé un homme. Puis, ton père a dit, je cite : « que tu étais putain de parfaite et que si tu comptais vraiment pour Leo, alors il avait intérêt à prendre soin de toi comme la putain de princesse que tu étais. »

— Papa a dit ça ?

Évidemment qu'il avait dit ça, son père était totalement aveuglé par l'affection qu'il lui portait et ne voyait pas à quel point elle était maladroite.

— Attendez une seconde, continua Meena. Comment vous savez tout ça ?

— Eh ben, ce n'est pas parce que nous avons écouté aux portes, hein, dit Reba en fixant le plafond d'un air innocent.

— Je te rappelle qu'on parle à Meena là, idiote ! On a complètement espionné Leo quand il parlait à ton père dans le hall juste avant votre pique-nique. C'est comme ça qu'on s'est fait avoir et qu'on a dû organiser le mariage. Un mariage auquel tu risques d'être en retard si tu ne bouges pas ton gros cul du lit. Prends ta douche maintenant pendant que j'appelle pour savoir où en est ton fichu petit-déjeuner.

Elle allait se marier.

Je vais me marier.

Bordel de merde.

Elle plongea sous les couvertures.

— Meena, qu'est-ce que tu fous ?

— Je ne peux pas me marier.

— Pourquoi putain ? Je croyais que t'avais dit qu'il était ton âme sœur.

— C'est vrai.

— Alors c'est quoi le problème, bordel ?

Meena sortit sa tête de sous les couvertures, assez longtemps pour déclarer :

— Je suis vraiment obligée de le préciser ? Moi. Une longue robe. Marcher dans l'allée devant des gens. Un prêtre. Vous imaginez les catastrophes que cela pourrait entraîner ?

Trébucher sur sa propre robe. Un oiseau qui passe et fait caca sur sa tête. Bafouiller ses vœux et dire quelque chose de vraiment pas correct devant le prêtre. Se faire frapper par la foudre. S'évanouir sous le choc et tuer le marié. Les possibilités étaient infinies.

— Je ne peux pas. Allez dire à Leo que je veux bien être sa compagne, mais je ne veux torturer personne avec un mariage.

— Meena, Meena, Meena. Tu n'as pas les idées claires. Évidemment que tu veux un mariage. D'abord, c'est ce dont rêvent toutes les filles.

— C'est vrai.

— Deuxièmement, c'est un bon moyen de montrer à toutes les filles du clan que Leo est ton homme.

Ouais, bas les pattes, bande de connasses.

— Troisièmement, il s'est donné beaucoup de mal pour que tout soit prêt en vingt-quatre heures. Apparemment, notre gentil Leo tout calme aboyait des ordres hier soir pour s'assurer que tout était putain de parfait pour sa chérie si délicate.

— Il a dit que j'étais délicate ?

— Il était peut-être un peu ivre à ce moment-là. Mais ouais, c'est ce qu'il a dit.

— Et pour finir, il faut que tu le fasses parce que j'ai parié cent dollars dessus.

— Tu as parié que je me marierais ?

Comme ça ressemblait à ses amies de la soutenir et de vouloir ce qu'il y avait de mieux pour elle !

— Cent dollars que tu arriveras sans encombre au bout de l'allée, mais que lorsque tu lanceras le bouquet, tu déclencheras une bagarre entre filles.

— À mon propre mariage ? dit Meena en souriant. Compte là-dessus.

— Surtout que ce bouquet est pour moi, annonça Zena.

— Même pas en rêve ! Je suis preums.

Et c'est ainsi que le matin avant son mariage se transforma en entraînement pour la bagarre à venir.

Mais pour une fois, Meena ne se joignit pas à elles. Elle avait un mariage à préparer. Un homme à impressionner. Et certaines parties de son anatomie à raser, car après le mariage, elle assommerait son ligre avec un coup sur la tête et le traînerait jusqu'à ce lit.

Plus d'excuses. Une fois qu'il lui aurait passé la bague au doigt, elle s'assurerait qu'il passe aussi à la casserole.

Grrr.

CHAPITRE VINGT-TROIS

Je vais me marier.
 Poum.
 Putain je mérite d'aller me faire foutre.
Poum. Sa tête heurta à nouveau le mur.
Non, elle mérite d'aller se faire foutre.
Hum, ouais ça sonnait beaucoup mieux. Il s'abstint d'avoir une commotion cérébrale jusqu'à ce qu'il se souvienne à nouveau...
Je vais m'accoupler.
Poum.
Oh bordel, ça va vraiment avoir lieu.
Sa santé mentale ne tenait plus qu'à un fil et celui-ci se cassa.
Panique. Cours.
Il ancra ses pieds au sol avec l'aide de son ligre – qui trouvait vraiment qu'il se comportait comme un vrai chat domestique concernant cette histoire d'accouplement.
Inspire. Expire. Il eut besoin d'un instant pour trier

ses émotions, une tempête intérieure comme il n'en avait jamais connue.

Planifier l'événement était une chose – il avait passé quelques coups de fil et demandé aux cousines de tout organiser pendant qu'il occupait Meena. Mais il réalisait désormais que tout ceci allait vraiment avoir lieu. Sa vie était sur le point de changer. Pour toujours.

Hiii !

Heureusement, personne ne fut témoin de son couinement peu viril. Mais lui l'avait entendu, et cela ne lui plut pas, ce qui voulait dire qu'il allait devoir faire quelque chose.

Mettre de côté la panique et la peur qui le traversaient de la tête aux pieds lui demanda un certain effort. Cependant, une fois qu'il parvint à les écarter, il fut surpris de réaliser que ces émotions qui lui criaient de partir en courant n'avaient pas des racines très solides. Ses appréhensions étaient comme de la poudre aux yeux, un masque pour cacher... rien, en vérité. Même si, en tant qu'homme, il éprouvait une terreur saine pour le mariage, derrière tout ça était tapie une excitation pour la suite.

Après cela, Meena m'appartiendra. Et plus étrange encore, je lui appartiendrai. La fierté possessive faisait-elle sens ? Désormais oui.

La mienne. Toute à moi.

Aujourd'hui et pour toujours.

Comment avait-il pu trouver cela effrayant ? Sa peur n'avait qu'à aller se jeter du haut d'une falaise – mais pas devant Meena, sinon elle risquait de la suivre.

Elle était vraiment totalement folle. Une folle qu'il avait hâte de goûter. Une autre raison d'avoir hâte, c'était que cette barrière qui le tenait loin de Meena allait enfin céder. Une fois accouplés, rien ne pourrait l'empêcher de jeter sa nouvelle épouse par-dessus son épaule et de l'amener jusqu'à ce lit solide. Oh bon sang, dans quelques heures seulement il lui donnerait enfin cette revendication qu'elle méritait tant.

Si elle lui pardonnait ce qu'il avait fait.

Le fait de la droguer était peut-être un peu extrême. Mais pour sa défense, il avait totalement craqué. La rationalité, le sang-froid, le contrôle, tout ce qui le définissait, qui faisait de lui un oméga, n'était plus d'actualité dès qu'elle était concernée.

Comme un morceau de bois sec, il s'enflammait devant sa présence brûlante.

Sauf qu'en se perdant en elle, en la revendiquant de la sorte, dans les affres de la luxure, il ne donnerait pas à Meena l'occasion de le voir lui promettre, devant ses amis et sa famille, qu'il était à elle. De lui montrer qu'elle ne l'avait pas seulement choisi. Lui aussi l'avait choisie.

Et ça, Leo ne pouvait pas le permettre, alors il avait triché. Il avait énervé la femme qu'il était censé épouser, en espérant qu'Hayder avait raison quand il disait qu'il était plus facile de demander pardon que de demander la permission.

Pendant un moment, Leo se demanda si Meena allait le frapper comme lui avait essayé de cogner Hayder quand celui-ci lui avait sorti ce dicton à la con.

Si effectivement elle le frappait, dans tous les cas il l'aurait mérité. Il était prêt à accepter n'importe quelle punition tant qu'elle lui pardonnait cet acte extrême et l'épousait aujourd'hui.

S'approchant des escaliers du troisième étage, il leva les yeux, se demandant s'il devait aller lui parler avant le mariage ou prier pour que Meena descende cette allée centrale récemment improvisée.

Puis il se souvint de cette superstition sur le fait de ne pas voir la mariée le jour de son mariage. Allait-il vraiment oser titiller la providence un jour comme celui-ci ?

Il ne valait mieux pas. Il ne lui restait plus qu'à espérer que la Meena qu'il connaissait rigole de ses actes et rejoigne l'autel pour se jeter sur lui.

Était-ce stupide d'avouer qu'il appréciait cette confiance qu'elle lui portait à chaque fois qu'elle se jetait sur lui, persuadée qu'il la rattraperait ?

Tournant les talons, il faillit pousser un cri peu viril quand il remarqua que quelqu'un avait réussi à se faufiler derrière lui sans prévenir. Pinçant les lèvres, il se retrouva nez à nez avec un plateau de nourriture fumante tenu par nul autre que sa future épouse.

Cela le prit par surprise, c'est pourquoi il s'écria :

— Pourquoi est-ce que tu te prépares ton propre petit-déjeuner ? Reba et Zena ne t'aident pas ? Elles avaient promis de t'aider à te préparer.

Leo observa Meena qui portait une robe d'été avec des motifs floraux et fronça les sourcils.

— Tu n'as pas aimé la robe que les filles du clan ont choisie pour le mariage ? Elles m'ont pourtant assuré que ça te plairait et que c'était ton style.

Même s'il avait laissé les filles choisir la robe, il avait insisté – notamment parce que la mère de Meena avait été catégorique – pour que son épouse porte du blanc. Un mariage hâtif ne voulait pas dire que Meena devait faire l'impasse sur la tradition, quelque chose que sa future belle-mère avait expliqué en détail avant que Peter, le père de Meena ne prenne le téléphone et aboie :

— Fais ça bien, sinon tu meurs !

Ce qui semblait d'ailleurs être sa réponse pour tout, surtout quand Meena était concernée.

— Si elles ont merdé, je vais leur faire réparer leurs erreurs, Pen.

Les yeux écarquillés, elle resta bouche bée.

— Je crois que nous avons besoin de clarifier quelque chose. Je ne suis pas...

Il l'interrompit avant qu'elle ne puisse finir sa phrase par : « Prête à t'épouser ».

— Attends une seconde. Avant que tu ne dises quoi que ce soit, écoute-moi, s'il te plaît. Premièrement, je suis désolé de t'avoir droguée hier soir.

— Tu m'as droguée ?!

Comme elle avait l'air surprise ! Est-ce que ces trucs qu'il lui avait donnés l'avaient assommée au point de lui faire perdre la mémoire ?

— Ne t'énerve pas. Enfin, énerve-toi si tu veux, mais essaie au moins de comprendre que je t'ai droguée parce que je savais que je ne pourrais pas m'empêcher de te toucher. C'est la seule solution que j'ai trouvée pour tenir ma promesse. Pour te donner ce que tu mérites.

— T'es en train de me dire que c'est ce que tu veux ? Que tu veux qu'on se marie ?

Elle leva un sourcil et il ne parvint pas à maintenir son regard. Pour la première fois de sa vie, Leo fut vraiment nerveux. Il se retrouvait face à une situation où il ne pouvait pas frapper, se battre ou donner des ordres.

C'était bien beau d'avoir des sentiments, mais dès qu'il fallait en parler, là, ça craignait. Mais à un moment donné dans la vie d'un homme, il fallait prendre sur soi et tout balancer, surtout après avoir été aveugle pendant un moment.

— Est-ce que je me donnerais tout ce mal si je n'avais pas envie de me marier ? Écoute Pen, je sais que nous ne sommes pas partis du bon pied. Mais pour ma défense tu es un peu difficile à gérer pour n'importe quel homme. Non pas que cela me dérange, s'empressa-t-il d'ajouter quand elle leva son deuxième sourcil. J'aime ta façon d'être et je suis assez grand pour reconnaître que j'ai mal réagi quand tu as déclaré que j'étais ton âme sœur et que je ne pouvais pas m'enfuir.

— J'ai dit quoi ?

Une fois de plus, elle resta bouche bée de surprise. Puis se mit à rire. Assez fort à vrai dire.

Il fronça les sourcils.

— Je t'interdis de le nier, Pen. Tu m'as presque emmené voir un prêtre cinq minutes après notre rencontre. Et ça m'a fait peur, mais tu avais raison sur le fait que nous sommes faits pour être ensemble, même si cela m'a pris plus de temps pour le réaliser. Tu es faite pour moi, Meena. Le chaos qu'il me faut pour rééquilibrer ma sérénité. L'arc-en-ciel coloré qui va éclairer la grisaille de ma vie actuelle. Je te veux, Pen. Avec les catastrophes et tout. J'espère juste, même après ce que j'ai fait et même si j'ai un balai dans le cul, enfin, d'après Luna, que tu me pardonneras et voudras aussi de moi.

Il mit fin à son flot de paroles et se mit à scruter

Meena avec espoir et un peu avec crainte étant donné qu'elle le regardait à nouveau avec la bouche ouverte.

Allait-elle lui répondre ?

Elle le fit, mais pas avec ses lèvres. Non, la voix de Meena venait de derrière lui.

— Oh, mon Chou, c'est la plus belle chose que j'ai jamais entendue.

Soit Meena avait de sacrés talents de ventriloque, soit... Leo se figea en regardant la femme qui se trouvait devant lui, et il réalisa que, plus il regardait cette femme, plus il trouvait qu'elle ressemblait à Meena et à la fois non. Ses boucles souples lui tombaient sur les épaules, elle avait une légère cicatrice sur le menton et son odeur... n'allait pas du tout. Cependant, la silhouette qui sauta sur son dos et les lèvres qui embrassèrent bruyamment son cou ? Ça, c'était sa Pen.

— C'est quoi ce délire ? Qui es-tu ? demanda-t-il.

Le clone de Meena sourit et le salua de la main.

— Teena, bien sûr.

— Ma jumelle, ajouta Meena contre son oreille.

— Ta vraie jumelle ?

— Ben pff, évidemment. Heureusement d'ailleurs, sinon je serais un peu vexée que tu lui aies dit toutes ces belles choses.

— Je croyais que c'était toi.

— Apparemment. Ça arrive souvent, ce que je ne comprends pas du tout. Elle ne me ressemble absolument pas.

— Je me sens tellement stupide.

Il essaya de tourner la tête pour voir la Meena qui

était accrochée à son dos, mais elle plaqua sa main sur ses yeux.

— Non, tu ne peux pas regarder. Ça porte malheur.

— Mais... je jette juste un coup d'œil derrière.

— Il n'y a pas de mais ni de coup d'œil derrière. Même si, en parlant de ça, je dois avouer que ton derrière à toi a l'air terriblement délicieux dans ce pantalon. Mais il sera encore plus beau quand il sera nu avec la marque de mes dents dessus !

— Pen !

— Je sais, je sais. Il ne faut pas que je commence quelque chose que nous ne pourrons pas finir. Mais te voilà prévenu. Dès que le prêtre nous déclare mari et femme, ton cul est à moi. Tout à moi, lui promit-elle d'une voix basse et rauque. Allez, Teena, tu arrives juste à temps pour m'aider à mettre ma robe. Tu te rends compte que c'est mon Chou qui a organisé tout ça ?

La fierté dans sa voix le fit sourire, mais il ne put s'empêcher de secouer la tête face à cette histoire de jumelles. Avec un dernier baiser sur son cou, Meena murmura :

— À tout à l'heure, mon Chou.

Tout à l'heure, c'était surtout dans deux heures. Deux heures de préparation de dernière minute, le fait d'utiliser sa voix pour calmer certaines filles du clan qui avaient la gueule de bois et refusaient de s'entendre – celles qui se comportaient mal seraient de corvée de vaisselle – deux heures d'anticipation, de tapes dans le dos et de blagues obscènes.

Cela lui sembla durer une éternité, mais le moment tant attendu arriva enfin. Dehors, la prairie avait été transformée.

Tout au fond se trouvait un autel de fortune où présidait un prêtre, qui n'appartenait à aucune église humaine mais qui était un prêtre officiel en ce qui concernait les mariages des métamorphes – et approuvé par l'État selon son certificat imprimé sur Internet.

Le clan s'était vraiment réuni en peu de temps. Les chaises étaient disposées en rangées, il y en avait plus d'une centaine, sur deux colonnes encadrant une allée sur laquelle quelqu'un avait déroulé un véritable tapis rouge.

Une arche, faite de branches tissées et recouverte de fleurs, se trouvait derrière l'autel. Ces mêmes fleurs débordaient de pots de jardin placés à intervalles réguliers pour apporter une touche de couleur. La plupart des gens étaient déjà arrivés et s'étaient assis. Vêtus de leurs plus beaux atours, ils s'étaient tous rassemblés, même si certains étaient en froid, car dans leur monde, un mariage entre métamorphes était toujours une occasion de célébrer.

Quant à Leo, il attendait la mariée. Portant un smoking, avec une queue de pie, bien sûr, il se tenait tout au bout de l'allée avec ses témoins, Arik et Hayder. Impossible pour lui de les départager.

Le petit Tommy, un gamin de quatre ans, s'agitait à sa place, le coussin sur lequel étaient posées les alliances se balançait de façon inquiétante. Cependant, les anneaux ne bougèrent pas d'un pouce, ils restèrent bien ancrés à leur place.

Le brouhaha ambiant couvrait la musique légère qui était diffusée par les haut-parleurs installés autour. Pourtant, malgré le bruit ambiant, les bavardages cessèrent immédiatement lorsque la mélodie traditionnelle, jouée à un nombre incalculable de cérémonies, la « Marche nuptiale », retentit. Dès ce signal, tout le monde, particulièrement Leo, porta son attention vers l'autre bout de la prairie.

D'abord, des petites filles avec des bouquets de fleurs défilèrent, de jolies petites filles en robes d'été qui sautillèrent le long de l'allée, jetant des poignées de fleurs et parfois même, le panier quand celui-ci était vide.

Puis vinrent les demoiselles d'honneur, Luna déambula, portant une robe et des talons, un regard plein de défi, implorant les gens de faire une remarque sur cette tenue trop féminine et nunuche qu'elle était obligée de porter. Ensuite, Reba et Zena arrivèrent, pouffant de rire et se pavanant, appréciant d'attirer l'attention.

Cette fois-ci, Leo ne se fit pas avoir et ne fut pas déconcerté par l'apparence de Teena. Comment avait-il pu la confondre avec Pen ? Bien que similaire physiquement, la jumelle de Meena n'avait pas le même sourire confiant et sa façon de bouger, délicate et gracieuse, n'avait rien à voir avec sa femme à lui qui était audacieuse. Comme elles semblaient différentes !

Jusqu'à ce que Teena trébuche, mouline des bras dans les airs et fasse s'effondrer une bonne partie d'une rangée avant de pouvoir se relever.

Ouaip, elles étaient bien sœurs.

Avec un soupir profond et les joues rouges, Teena parvint à marcher sur le reste du tapis rouge, ses talons à la main – dont un qui semblait être cassé.

Tous les invités étant arrivés plus ou moins sains et

saufs, il ne restait plus qu'une seule personne d'importance. Cependant, elle n'arriva pas seule.

Malgré ses réticences qu'il avait exprimées quand Leo et lui avaient partagé un fut de bière la veille au soir, Peter semblait prêt à donner sa fille. Mais prêt ne voulait pas dire qu'il était ravi non plus.

Les coutures du costume de son futur beau-père étaient trop serrées, ce smoking loué n'était pas très bien taillé, mais Leo doutait que ce soit pour cela que ce dernier ait l'air si mécontent. Leo conclut qu'il y avait deux explications à l'humeur grincheuse de Peter. La première était le fait de devoir laisser partir sa petite fille chérie. La seconde était probablement en lien avec tous ces ricanements et une certaine rumeur qui circulait : « J'ai entendu dire qu'il a perdu au bras de fer et que du coup il devait porter une cravate. »

Pour ceux qui étaient curieux, Leo avait gagné ce pari, c'est pourquoi son nouveau beau-père portait ce : « foutu nœud coulant » autour de son cou.

Mais qui se souciait de ce perdant bougon alors qu'à son bras se tenait une incroyable beauté.

Les longs cheveux ondulés de Meena tombaient en cascade dorée sur ses épaules et de grosses boucles chatouillaient son décolleté. Au niveau de ses tempes, des pinces en ivoire relevaient ses cheveux, révélant son cou à la peau crémeuse.

Sa robe bustier lui donnait l'air d'une déesse. Le bustier en question, serré et décolleté, mettait tellement bien en valeur sa poitrine que Leo se mit à grogner. Il n'aimait pas tous ces regards appréciateurs dans la foule. Pourtant, il ressentait également une certaine fierté. Son épouse était magnifique et il était normal qu'elle soit admirée.

En partant de sa poitrine impressionnante, la robe était serrée à la taille avant de se déployer. Le tissu blanc et transparent de la jupe ondulait lorsqu'elle marchait. Il remarqua qu'elle portait des talons plats. Reba l'avait suggéré afin qu'elle ne se coince pas un talon. Sa robe ne touchait pas le sol. Une idée de Zena pour s'assurer que Meena ne trébuche pas dessus.

Elles avaient pris toutes les précautions possibles pour lui assurer les meilleures chances de réussite.

Elle n'avait peut-être pas la grâce féline des autres filles. Elle trébucha peut-être une fois ou deux et fut maintenue debout seulement grâce aux gestes discrets de son père, mais bon sang, à ses yeux elle était la chose la plus délicate et belle qui soit.

Et elle est à moi.

Ses yeux rencontrèrent les siens, étincelants, brillants et remplis de bonheur. Son sourire exprimait cette même joie et il ne put s'empêcher de lui rendre.

Même Peter ne pouvait pas gâcher son bonheur. Lorsqu'il remit la main de Meena à Leo, Peter se pencha vers lui et murmura, pas très discrètement :

— Mon garçon, si tu lui fais du mal, je t'étriperai. Lentement. Bienvenu dans la famille.

Quel message chaleureux. Mais à vrai dire, il allait de pair avec celui que sa belle-mère lui transmit une fois que la cérémonie fut terminée et que Meena rigolait avec les autres lionnes, leur demandant de l'appeler Madame.

— Leo, mon chéri, tu as l'air d'être un gentil garçon,

alors je suis sûre qu'il va sans dire que si tu fais du mal à ma fille, je te ferai disparaître, sans laisser de trace.

Sans vraiment savoir pourquoi, il lui demanda :

— Comment ?

Et la mère de Meena, toute propre et guindée, lui sourit, un sourire qui aurait fait trembler n'importe quel grand gaillard.

— Tu as déjà entendu parler des beaux rosiers rouges plantés un peu partout dans mon jardin qui ont déjà remporté de nombreux prix ?

Mais cette discussion effrayante eut lieu après la cérémonie. Revenons-en au moment présent, lorsque Leo tenait la main de Meena et la regardait droit dans les yeux alors que le prêtre leur donnait leur bénédiction, façon métamorphe. Pour cela, il employa des termes assez standard tels que :

— Nous sommes réunis aujourd'hui pour unir ce couple...

Pour être honnête, Leo ne prêta pas totalement attention à ce que disait le prêtre, trop focalisé sur cette tension presque électrique qu'il y avait entre lui et Meena. Il se concentra également pour ne pas s'évanouir. Désormais, il ne se moquerait plus de ces vidéos YouTube où le marié s'écrasait par terre. Il comprenait finalement pourquoi tant d'entre eux perdaient connaissance. La pression que cela suscitait d'être devant tant de personnes, de s'engager aussi sérieusement, tout cela suffisait à faire trembler n'importe quel homme, même le plus costaud.

Puis, ce fut presque terminé.

Le prêtre, comme le veut la coutume, fut obligé de demander :

— Si quelqu'un a quelque raison que ce soit de s'opposer à ce mariage et à l'union de ces deux êtres qui ne formeront plus qu'un aux yeux du clan, qu'il parle maintenant, ou se taise à jamais.

Leo jeta un coup d'œil en direction de Dmitri qui était assis tout au fond, mais ce ne fut pas lui qui se leva.

Se raclant la gorge, Peter se mit debout. Il ne parvint à prononcer qu'un simple : « Je.. » avant que la mère de Meena ne le tacle littéralement. Elle le frappa au niveau des genoux et l'envoya valser sur l'herbe. Un silence s'installa et même si elle ne fit que le murmurer, tout le monde l'entendit dire :

— Ferme-la ! Ma fille chérie se marie en blanc. Avec une vraie robe ! Je t'interdis de gâcher mon moment.

Ensuite, la mère de Meena plaqua sa bouche contre celle de son mari et leur fit signe de rapidement en finir.

Ils dirent tous les deux « Je le veux » puis il fut temps d'embrasser la mariée.

Sa femme.

La mienne.

Ne prêtant pas attention aux acclamations, Leo pencha la tête en avant. Il se focalisa sur une seule chose, ses lèvres douces qui s'écartèrent face aux siennes.

Attirant sa femme dans ses bras, il l'enlaça et se mit à explorer sa bouche. Elle explora la sienne en retour, sa langue se faufilant à l'intérieur et dansant avec la sienne.

Quelqu'un lui tapota sur l'épaule et il grogna.

Quelqu'un se racla la gorge derrière eux et elle grogna.

Plusieurs voix se firent entendre. Les gens riaient et il devenait de plus en plus évident qu'ils ne pourraient pas s'embrasser éternellement. Du moins pas ici. Ils ne pouvaient pas non plus s'échapper tout de suite. Mince.

Dès que leurs lèvres se séparèrent, ils furent emportés chacun de leur côté par une vague de vœux de bonheur. Plusieurs hommes tapèrent Leo dans le dos et ceux qui étaient déjà mariés et enchaînés lui exprimèrent leur compassion.

La pauvre Meena était elle-même encerclée de toutes ses copines.

Leurs regards se croisèrent par-dessus la foule, mais seulement un instant avant qu'on ne sollicite à nouveau leur attention.

Même si sa patience commençait à avoir des limites, ce fut Meena qui craqua en premier.

Que ce soit parce qu'une femme avait osé le toucher, s'accrochant à son bras et s'extasiant sur la beauté du mariage, ou parce que Meena ne pouvait plus supporter cette frustration qui s'était accumulée ces derniers jours, cela n'avait pas d'importance.

Avec un grognement :

— Enlève tes sales pattes de mon mari !

Meena se fraya un chemin à travers la foule, la jupe relevée. Elle se mit à bondir sur les derniers mètres et sauta dans les airs pour tacler la lionne à ses côtés, qui se révéla être la cousine de Loni.

Mais à ce moment-là, tout ce qu'il savait c'était que sa nouvelle femme était en pleine crise de jalousie, et déterminée à scalper une invitée.

En tant qu'oméga, Leo aurait dû débarquer pour

calmer les esprits – et leur demander d'arrêter de s'arracher les cheveux. Il aurait au moins dû attraper Meena et l'écarter de la lionne avant qu'elle n'ait du sang sur sa robe blanche.

Mais...

Eh bien...

Il aimait plutôt ça à vrai dire. Même si Leo était sorti avec beaucoup de femmes, aucune d'entre elles ne s'était révélée aussi possessive. En tout cas, ce qui était certain c'était qu'aucune femme ne s'était attaquée à une autre fille pour avoir osé le draguer. Il ne savait pas vraiment ce que cela signifiait qu'il apprécie ses crises de jalousie.

Se sentant assez fier et satisfait, il prit le temps de se prélasser.

Je suis à elle.

Oui, il était à elle et elle était à lui, du moins sur le papier. Peut-être était-il temps de renforcer ce lien et de s'accoupler pour de vrai afin que tout le monde sache qu'ils appartenaient l'un à l'autre. Il était temps de se revendiquer.

Mais d'abord, il devait la séparer de cette autre femme avant qu'elle ne fasse couler du sang.

Enroulant un bras autour de sa taille, il souleva Meena pendant qu'elle continuait de grogner en direction de la fille qui se trouvait au sol.

— Touche encore une fois mon homme et je t'arracherai la main pour te gifler avec !

Ah, les belles paroles romantiques d'une femme pleine de désir.

Jetant Meena par-dessus son épaule, il ignora les

regards amusés de la foule alors qu'il l'emmenait loin de la fête.

— Je n'avais pas terminé, mon Chou ! gronda-t-elle.

— J'ai un meilleur plan pour dépenser ton énergie, rétorqua-t-il.

Et oui, elle annonça ensuite à tout le monde :

— Léo va enfin coucher avec moi !

Elle ne fut pas la seule à lever le poing en signe de victoire. Les autres filles du clan se réjouirent également pendant que Leo essayait de ne pas trop rougir, quant à ce pauvre Peter, il fonça tout droit vers le bar.

Cependant, la honte ne suffit pas à l'arrêter.

Arrivant à la porte de leur chambre, il faillit rire en voyant le panneau accroché à la poignée qui disait « Ne pas déranger » et juste en dessous avait été griffonné au rouge à lèvres « Si vous tenez à la vie ».

Il ne pouvait pas être plus d'accord. Le temps était venu pour lui de revendiquer cette femme qui le consumait et gare à l'imbécile qui se mettrait en travers de son chemin.

À peine eut-il claqué la porte avec son pied qu'elle glissait déjà de son épaule. Ses bras s'enroulèrent autour de son cou alors qu'elle plaquait ses lèvres sur les siennes. Miam, comme elle avait bon goût ! Ce petit choc électrique qu'il ne ressentait qu'avec elle grésilla entre eux comme une arche et alimenta leur désir frémissant.

Ses lèvres se penchèrent sur les siennes, taquinant et mordillant, revendiquant et marquant cette bouche comme sienne. Elle avala son grognement alors qu'elle ouvrait la bouche et glissait sa langue contre la sienne, le taquinant et le narguant.

L'instinct pulsait en lui, le poussant à la revendiquer, la marquer. Maintenant.

Quelle impatience. Quel désir !

Il laissa ses mains parcourir son corps, effleurant le tissu soyeux qui cachait ses courbes.

— Est-ce que je t'ai déjà dit à quel point tu es belle ? murmura-t-il contre sa peau en laissant ses lèvres descendre le long de son cou.

— Je le vois bien, dit-elle en plaçant sa main contre son érection.

Sa nature effrontée le ravissait. Tout comme son emprise sur sa bite.

— Mon professeur d'anglais disait toujours qu'il fallait montrer et non pas dire, dit-il en la faisant reculer vers le lit. Il l'allongea sur le matelas, alors qu'elle était toujours habillée.

— Je ne ferais pas mieux de me déshabiller d'abord ?

Ses cheveux, éparpillés sur l'oreiller telle une flaque d'or et ses lèvres, gonflées par les baisers, le suppliaient de lui donner plus.

Il secoua la tête.

— Oh non. Depuis que je t'ai aperçue, je fantasme sur le fait de soulever cette jupe autour de toi pendant que je te prends.

— Tu as eu des pensées cochonnes pendant la cérémonie ?

Il ne put s'empêcher de lui faire un sourire coquin, ce à quoi elle répondit par un rire rauque.

— Oh, mon Chou, tu es si vilain. Et sournois. J'adore cette façon que tu as de paraître si sérieux et avoir pourtant des pensées si coquines.

— Si là tu trouves ça génial, alors attends de voir quand je vais les mettre en pratique.

Avec un froncement de sourcils qu'il espérait diabolique, Leo enleva sa veste et desserra sa cravate avant de se mettre à genoux sur le lit. Ses pieds nus – elle ne portait pas de chaussures puisqu'elle les avait enlevées avant de piquer sa crise – dépassaient de l'ourlet de sa robe. Sous les couches transparentes du tissu, il remonta sa main le long de son mollet, de plus en plus haut, son bras disparaissant sous la robe. Il ne voyait pas, mais touchait seulement, ce qui rendait la chose encore plus excitante alors qu'il caressait ses cuisses.

Elle prit une grande inspiration, ses paupières lourdes alors qu'elle le regardait. Le bout de ses doigts la chatouilla un peu plus haut et il ne put s'empêcher de gémir lorsqu'il sentit son sexe nu. Et il voulait dire, totalement nu. Rasé et même pas couvert d'un morceau de tissu.

— Tu m'as épousée sans porter de culotte ? gémit-il presque.

— Juste au cas où l'on ait besoin d'aller quelque part pour s'envoyer rapidement en l'air, avoua-t-elle avant de prendre une grande inspiration alors qu'il promenait un doigt le long des lèvres humides de son sexe.

— Heureusement que tu ne me l'as pas dit avant.

— Sinon quoi ?

— On n'aurait peut-être pas pu terminer la cérémonie.

— Et toi tu risques de ne pas vivre très longtemps si tu continues de parler sans rien faire.

— T'es impatiente, Pen ?

— Disons plutôt excitée, gronda-t-elle.

Roulant sur les genoux, elle attrapa son visage dans ses mains et l'embrassa. Elle l'embrassa vigoureusement en s'appuyant contre lui, le faisant tomber sur le dos.

Malgré ses vêtements, elle l'enjamba, ses mains agrippant sa chemise en lin au niveau des épaules, lui mordant agressivement les lèvres. Une passion sans limites qui ne pouvait plus attendre.

Avec sa jupe relevée autour d'elle comme un nuage duveteux et sa fente pressée contre son entre-jambes, même si son pantalon les séparait, il ne pouvait pas ignorer cette chaleur ardente qui émanait d'elle.

Le fait qu'elle se frotte contre lui pendant qu'ils s'embrassaient était le summum de la torture. Il avait tellement envie de s'enfoncer en elle. À la place, ses mains s'occupèrent, saisissant ses fesses, un cul qu'il adorait masser et serrer. Mais il aimait encore plus ces petits bruits qu'elle émettait contre sa bouche. Serrés contre lui, ses seins splendides s'écrasaient contre son torse et leur côté moelleux comme un coussin lui rappela à quel point il les appréciait.

Il faut que je touche. Que je goûte.

Cela devint un besoin impératif. Il la repositionna, avançant son corps sur lui, de sorte que sa poitrine effleure ses lèvres. Elle jaillit presque de son décolleté, il ne lui fallut donc qu'une légère manipulation pour la libérer. Il la laissa s'asseoir sur son torse, mais seulement pour qu'il puisse libérer ses mains et saisir ses seins magnifiques.

Palpant sa poitrine lourde, il les admira en caressant ses tétons avec son pouce. Instantanément, ceux-ci se contractèrent. Il en lécha un, et un frisson la parcourut de toute part.

Positionnant sa bouche, il s'approcha assez près pour pouvoir vraiment jouer avec ces délicieuses petites pierres dures. Alors qu'il se mettait à tirer sur l'un des mamelons saillants, il laissa ses doigts tirer et tordre l'autre.

Il pouvait mesurer son degré de plaisir grâce à ses gémissements, sa façon de se cambrer, pressant sa poitrine généreuse contre sa bouche, l'encourageant à en prendre davantage.

Alors c'est ce qu'il fit. Il aspira le bout dans sa bouche, suçant et mordant. À chacun de ses halètements, à chaque doux miaulement qu'elle émettait, chaque frisson qui la parcourait, la tension en lui ne faisait que croître.

Elle était tellement réceptive à ses caresses. Tellement... loin de son visage tout à coup !

Il faillit rugir lorsqu'elle les écarta. Mais pas trop loin. Au bon sang, qu'avait-elle prévu ?

Son épouse s'agenouilla entre ses jambes, sa robe était descendue jusque sous ses seins, sa peau à cet endroit-là avait rougi. Sa jupe se retroussa lorsqu'elle s'accroupit, mais ce qu'elle fit ensuite attira encore plus son regard avide.

Ses doigts agiles défirent les boutons de sa chemise et l'ouvrirent, dénudant son torse. Elle promena ses ongles le long de sa chair, le faisant légèrement trembler puis frissonner lorsque ses mains ne s'arrêtèrent pas au niveau de la ceinture de son pantalon.

Elle le déboutonna, puis fit glisser la fermeture éclair et elle tressaillit en le contemplant.

— Tu t'es rendu à notre mariage sans sous-vêtement ?

Avant même qu'il ne puisse répondre, elle le fit :

— Génial !

Mais ses paroles furent étouffées lorsqu'elle l'attira dans sa bouche.

Dès cet instant, il faillit jouir. Puis elle pressa ses seins autour de son sexe en suçant le bout. Le recouvrant de sa chair douce pour ensuite faire glisser son membre d'avant en arrière tout en le gardant fermement entre ses lèvres.

Et voilà. Il était fichu.

CHAPITRE VINGT-QUATRE

La semence de Leo gicla chaudement et elle recueillit tout jusqu'à la dernière goutte. Il cria son prénom en jouissant. Quel son magnifique !

Quel homme merveilleux.

Mon homme.

Un compagnon qui gardait une certaine dureté, même quand il jouissait. Elle le suça encore pendant un moment jusqu'à ce qu'il grogne :

— À mon tour.

À son tour ? Comment ça ? Elle venait juste de le faire jouir.

Sauf qu'il voulait dire par là que c'était surtout son tour à elle.

— Mets-toi sur le dos, lui ordonna-t-il.

À la place, elle se mit à genoux et le regarda par-dessus son épaule.

— Tu n'es pas le seul à avoir un fantasme, remarqua-t-elle.

— Meilleur. Cadeau. De Mariage. Au monde.

Apparemment, Leo aimait la tournure que prenaient les choses. Sa main caressa les courbes de ses fesses puis descendit jusqu'à ce qu'il trouve le bord duveteux de sa robe. Il releva doucement le tissu, l'éloignant de son cul et de ses cuisses.

Le regardant toujours par-dessus son épaule, elle remarqua que sa bite sautillait à nouveau. Il s'approcha de plus en plus près. Elle frissonna, mais il la surprit. Au lieu de s'enfoncer en elle, il se pencha en avant et lécha son sexe.

Bonté divine.

Il la lécha d'avant en arrière, un geste souple très excitant. Le mouvement de sa langue sur son clitoris était à couper le souffle. Quand il plongea deux doigts en elle, elle ne put retenir un gémissement.

Il lui donna du plaisir, doucement, chaque pression de ses doigts et coup de langue faisait grimper son extase, telle une tour qui menaçait de s'effondrer.

— Maintenant, s'il te plaît, sanglota-t-elle presque.

Elle n'eut pas besoin de le supplier deux fois. Il se repositionna sur le lit jusqu'à ce qu'il soit agenouillé directement derrière elle, le bout de sa bite effleurant sa fente mouillée. Il s'enfonça doucement.

Trop doucement.

Elle recula d'un coup contre lui, criant « Ah » en même temps que lui, tel un écho, tous les deux surpris par la rapidité.

Mais, oh, quel plaisir.

Enfin, il était en elle. L'étirant. Il bougeait également en elle, des coups de reins courts, se frottant légèrement, le bout gonflé de son sexe venant caresser son point le plus sensible.

Encore et encore. Pousser. Frotter. Serrer. *Oh.*

Un ensemble si parfait, si intense, quand les dents de Leo mordillèrent légèrement sa peau, assez fort pour s'enfoncer dans sa chair, cela suffit à la faire exploser en mille morceaux.

Elle eut soudain une prise de conscience alors qu'il la revendiquait, qu'il la déclarait vraiment comme sa compagne, aux yeux de la loi humaine et de la loi primitive.

Ils poussèrent tous les deux un rugissement sauvage au moment où l'extase les frappait, une vague de plaisir comme aucune autre.

Alors que l'orgasme la traversait, elle cria :

— Plus fort, plus fort !

Et il lui donna ce qu'elle désirait. Il la pénétra rapidement, fort, entièrement. Il claqua contre ses fesses, son corps était parfait pour elle, un corps qui pouvait les supporter, elle et sa passion.

Comme sa crème était chaude alors que celle-ci se déversait en elle. Son propre orgasme la laissa sans voix, notamment quand le deuxième la frappa.

Alors que leur rythme cardiaque ralentissait, que leurs corps se refroidissaient et qu'ils redescendaient petit à petit de leur nirvana, Leo la prit en cuillère. Il s'effondra sur le côté et l'attira contre lui, la pressant contre son corps. La tenant dans ses bras.

C'était merveilleux. Parfait.

Crack !

Évidemment, le lit choisit ce moment pour se casser d'un côté et les incliner vers le sol.

— Arf, le ciel est contre nous ! cria-t-elle en secouant le poing.

Et que fit Leo face à cet exemple parfait de catastrophe ?

Il se mit à rire pendant qu'elle rugissait.

ÉPILOGUE

— Bonjour, Pen, dit Leo en caressant le haut de sa tête.
— C'est le meilleur matin du monde, mon Chou.

Ça l'était. Un peu plus d'une semaine s'était écoulée depuis leur mariage et elle pouvait affirmer, avec certitude, qu'elle était de plus en plus heureuse chaque jour.

Alors que Meena s'étirait en étant sur Leo, elle réveilla son grand compagnon costaud, et par réveiller elle voulait dire, *bien réveiller*. Cela faisait désormais partie de leur routine matinale. Il avait maintenant plusieurs routines, comme ce nouvel endroit qu'elle avait trouvé pour dormir.

Quelle nouveauté ! Pouvoir faire un petit somme en étant allongée sur une autre personne sans avoir besoin d'appeler une ambulance ou sans trouver un prospectus Weight Watchers accroché au frigo un peu plus tard.

La première fois qu'elle avait glissé, s'écartant de lui avant de s'endormir, il l'avait immédiatement remise sur lui en grognant :

— Je t'interdis de bouger.

— Tu sais bien que même moi je ne peux pas m'attirer trop d'ennuis quand je dors, l'avait-elle taquiné, reposant sa tête sur son torse, trop heureuse de retrouver ce petit endroit douillet.

— Attire-toi autant d'ennuis que tu veux, Pen, tant que ce corps magnifique et voluptueux reste à sa place. Tu es bien plus chaude et douillette que n'importe quelle couverture.

Ouais, cet adorable compliment lui avait valu une partie de jambes en l'air. Leo faisait et disait toujours les choses les plus gentilles qui soient, alors il avait souvent droit à des parties de jambes en l'air à vrai dire.

Leo se révéla être encore plus incroyable que ce qu'elle n'aurait jamais espéré. Il était patient, malgré le fait que les problèmes semblaient la suivre. Intelligent et capable de la divertir constamment. Sexy et généreux quand ils faisaient l'amour. Et il possédait un grand sens de l'humour, ce qui était assez important, étant donné qu'ils avaient cassé leur quatrième lit la nuit dernière.

Observant les soudures cassées sur la tête de lit, elle fit la remarque suivante :

— D'après toi, qui a gagné le pari cette fois-ci ?

Car après les deux premiers incidents avec les lits, un pari avait été lancé.

— J'ai gagné, ronronna Leo en la retournant sur le dos.

— Tu veux dire que tu as parié sur le fait qu'on casse le lit ?

— Bien sûr que oui. Mais j'ai gagné bien plus que ça. J'ai gagné le gros lot en te rencontrant.

— C'est surtout moi qui t'ai rencontré, non ? Après tout, c'est mon frisbee qui t'a heurté à la tête.

— Un frisbee que j'aurais pu rattraper.

— Tu ne l'as jamais vu...

Leo secoua la tête. Elle se mit à rigoler.

— Mon Chou, espèce de petit diablotin, tu veux dire que tu as fait exprès de laisser le frisbee te cogner juste pour me rencontrer ? Mais si c'est le cas, pourquoi as-tu joué au mec inaccessible ?

— Parce que tu me faisais peur, mais c'était avant que je ne me rende compte que tu étais exactement ce qu'il me fallait. Je t'aime, Pen.

— Mon Chou ! couina-t-elle en le couvrant de baisers. Moi aussi je t'aime, tellement que je suis sur le point d'oublier que Reba et Zena m'ont pris un billet d'avion pour la Russie pour que j'aille sauver ma sœur.

— Et rater une occasion de partir en lune de miel ? Ai-je oublié de préciser que je venais aussi ? Et si on allait rendre visite à un certain tigre, qu'en dis-tu ?

— Tu n'as pas peur que je déclenche une guerre ?

— Je serais plus surpris si tu ne le faisais pas. Assez parlé, Pen. Il est l'heure de notre partie de jambes en l'air matinale.

Et même si Leo et Meena ne pouvaient plus casser le lit, les habitants de l'appartement du dessous se plaignirent de fissures dans le plâtre.

Grrr !

— DIS : « OUI, JE LE VEUX ».

— Hein ?

Les yeux fermés et les paupières trop lourdes pour les ouvrir, sa bouche aussi sèche qu'une pêche poilue et ayant besoin d'eau, l'esprit dans le brouillard, Teena lutta pour se réveiller de l'un des sommeils les plus lourds qu'elle n'ait jamais connu.

— Dis : « Oui, je le veux », siffla une voix avec un accent prononcé, pour la seconde fois.

— Je le veux ?

Qu'est-ce qu'elle voulait ? La dernière chose dont elle se souvenait, c'était de boire et de faire la fête au mariage de sa sœur, laissant un certain tigre russe flirter avec elle. Et après...

Rien.

Secouant mentalement son esprit, elle ouvrit les yeux, juste à temps pour voir le beau visage de Dmitri se pencher vers le sien et entendre quelqu'un dire :

— Je vous déclare donc mari et femme. Vous pouvez embrasser la mariée.

Quoi ?!

Prochainement : L'Épouse du Tigre

Autres livres: EveLanglais.com

www.ingramcontent.com/pod-product-compliance
Lightning Source LLC
LaVergne TN
LVHW041627060526
838200LV00040B/1468